Made Maleen

Una fiaba in chiave moderna

Jeanne St. James

Traduzione di
Ernesto Pavan

ST. JAMES

Editore originale: Krieger Editing
Traduzione italiana a cura: Ernesto Pavan
Copertina a cura (in inglese): EmCat Designs
Copertina a cura (in italiano): Golden Czermak at FuriousFotog

www.jeannestjames.com

Iscriviti alla newsletter per avere aggiornamenti sull'autrice e sulle nuove uscite:
www.jeannestjames.com/newslettersignup (in inglese)

Attenzione: Questo libro contiene scene esplicite, alcuni possibili fattori scatenanti e un linguaggio da adulti che potrebbe essere considerato offensivo per alcuni lettori. Questo libro è in vendita SOLO agli adulti, come definito dalle leggi del paese in cui è stato effettuato l'acquisto. Si prega di archiviare i file in modo appropriato, in modo che non possano essere consultati da lettori minorenni.

Questa è un'opera di fantasia. Qualsiasi somiglianza con persone reali, vive o morte, o con eventi reali, è puramente casuale.

Dirty Angels MC, Blue Avengers MC & Blood Fury MC are registered trademarks of Jeanne St James, Double-J Romance, Inc.

Per rimanere aggiornati sulle novità di Jeanne, collegatevi al sito www. jeannestjames.com o iscrivetevi alla sua newsletter: http://www.jeannestjames.com/ newslettersignup (in inglese)

Link d'autore: Instagram * Facebook * Goodreads Author Page * Newsletter * Jeanne's Review & Book Crew * BookBub * TikTok * YouTube

Nota dell'autrice

Questo racconto è una variante della fiaba nota in inglese con il titolo di *Maid Maleen* e in italiano come *La vergine Malvina*. La fiaba tedesca compare nella raccolta dei fratelli Grimm al numero 198 (anno 1812) e si può riassumere come segue:

C'era una volta una principessa chiamata Maleen che si innamorò di un principe non gradito a suo padre. Quando Maleen dichiarò che non avrebbe sposato nessun altro, il re fece rinchiudere lei e la sua servitù in una torre, con cibo sufficiente a sfamarli per sette anni.

Dopo sette lunghi anni, il cibo si esaurì, ma nessuno venne a liberare quelle persone o a portare loro altro cibo. La principessa e la sua servitù decisero di fuggire dalla torre con l'ausilio di un semplice coltello. Quando finalmente riuscirono a liberarsi, scoprirono che il regno era distrutto e che il re era morto da tempo. Senza sapere dove andare, raggiunsero alla fine il Paese dell'amato di Maleen e cercarono lavoro nelle cucine reali.

Dopo l'imprigionamento di Maleen, il principe era stato promesso in sposo dal padre a un'altra principessa. La principessa, poco sicura di sé, non credeva di essere degna del principe. Di conseguenza, non usciva mai dalla sua stanza perché lui potesse vederla. Il giorno del matrimonio, non volendo essere vista, la principessa mandò Maleen al suo posto.

Durante il matrimonio, il principe mise una collana d'oro attorno al collo di Maleen come prova del loro matrimonio. Quella sera, il principe si recò nella camera nuziale, dove lo attendeva la principessa, ma non vide la collana d'oro attorno al suo collo. Capì subito che la principessa non era la donna che aveva sposato. Nel frattempo, la principessa aveva inviato un sicario a uccidere Maleen. Il principe, che aveva lasciato la camera nuziale per andare alla ricerca della sua vera sposa, fu guidato dal luccichio della collana d'oro e arrivò in tempo per salvarla. Con la collana d'oro come prova del matrimonio, i due si sposarono e vissero per sempre felici e contenti!

Fonte: https://en.wikipedia.org/wiki/Maid_Maleen

Capitolo uno

C'era una volta... Quattordici anni prima

QUALCOSA LE PIZZICÒ il sedere e non in maniera piacevole. Maleen King si dimenò nel tentativo di trovare un punto più comodo in mezzo al fieno. Un pagliericcio non molto comodo quando si era nudi. D'accordo, lei non era tecnicamente nuda. Indossava ancora la fascia.

Dairy Maid.[1] Bleah.

Era stufa di perdere contro Kaitlyn. Negli ultimi tre anni, la Strega Cattiva del Midwest aveva vinto il titolo di *Dairy Princess*. E quella stronza non esitava mai a sbattergliclo in faccia.

Non importa.

Tanto, la damigella avrebbe ottenuto quello che voleva...

Il bel Dairy Prince.

A proposito, dove diavolo era il suo principe? In ritardo. Come al solito.

Maleen esalò il fiato e guardò l'orologio a forma di mucca. Quello che aveva ricevuto in premio l'anno prima quando era arrivata seconda dopo quella gran vacc... ehm, principessa.

Non che lei ci tenesse a indossare quella stupida coroncina.

No, era una questione di principio.

Un'imprecazione soffocata giunse dal basso quando qualcuno inciampò in fondo alla scaletta. Maleen sorrise. Kaitlyn poteva pure tenersi la coroncina di zirconi; il vero premio apparteneva a Mal...

La testa di Braydon sbucò dal buco nel pavimento del fienile, con i capelli ispidi tutti arruffati. Lui le rivolse un sorriso di sofferenza. "Ho sbattuto l'alluce, cazzo."

"Dove hai lasciato le scarpe?"

"Assieme al resto dei vestiti."

"Sarà meglio per te che tu abbia ancora la fascia," lo ammonì lei.

Braydon scoppiò a ridere, i capelli castano scuro che gli ricadevano sulla fronte. Mentre finiva di salire la scaletta di legno che portava al soppalco, il suo corpo si rivelò lentamente. Oh, sì, aveva ancora la fascia. E nient'altro.

Braydon Daniels, ragazzo di campagna fatto e finito, aveva un fisico tonico, muscoloso e abbronzato grazie al duro lavoro all'aperto, fra balle di fieno da lanciare, staccionate da riparare, giovenche vagabonde da inseguire e tutta una serie di altri lavori fisici che dipendevano dalle esigenze dei suoi genitori.

I Daniels facevano lavorare sodo i loro figli. Sostenevano che ciò trasmetteva loro dei solidi principi etici e morali. Bah. L'unica cosa che interessava a Maleen era che il lavoro dava a Bray muscoli fantastici e mani callose.

Ma le dita e i palmi ruvidi non l'avrebbero scoraggiata dal prendere quello che voleva. E apparentemente, quello che voleva anche il Dairy Prince, a giudicare dall'erezione che svettava sull'attenti.

Con le mani sui fianchi stretti, Bray la guardò, studiando ogni centimetro visibile. Cioè quasi tutto. Non che non lo avesse già visto in precedenza. Anzi, lo aveva visto innumerevoli volte. Lui era stato il suo primo e lei aveva intenzione di far sì che fosse anche l'ultimo. Un giorno, sarebbe diventata la signora Braydon Daniels.

Sì. Un giorno vicino, se aveva voce in capitolo.

Diede un colpetto sul fieno accanto a lei. "Vieni qui, Cow-Boy."

"Ma che diamine! Non potevi stendere una coperta? Si vedrà subito che ci siamo rotolati nel fieno."

"Chi altri dovrebbe vederti nudo, a parte me?" chiese Maleen, gli occhi stretti in uno sguardo di ammonizione.

Bray avrebbe fatto meglio a rispondere con *molta* cautela.

"Nessuno."

"Risposta esatta."

"Sai che quella roba graffia e fa prurito," protestò lui.

Mal sospirò. "Senti, lo facciamo o cosa? Ci manca solo che mio padre ci trovi qui che ci rigiriamo come un branco di gatti in calore."

Un sorriso illuminò gli occhi nocciola dell'uomo; erano uno dei tratti preferiti di Mal. Toccò di nuovo il fieno e lui le saltò praticamente addosso. Il fiato le sfuggì di colpo. Ridacchiò quando lui si intrufolò fra le sue gambe.

"D'accordo, ci sono," bisbigliò Bray, guardandola negli occhi.

"D'accordo, Cow-Boy... voglio dire, sir Dairy Prince. Perché non mi incantate? Vi voglio spaventosamente." Ed era proprio vero. Il membro duro di Bray, gonfio e pronto, le premeva contro la coscia.

Fare sesso sfrenato con lui non la stancava mai. L'unica volta in cui non l'aveva trovato piacevole era stata quando aveva perso la verginità. A diciassette anni, nessuno di loro sapeva cosa stava facendo, ma ora, un anno più tardi, si muovevano con più scioltezza e nessuno dei due si lamentava mai... Beh, tranne quando non trovavano l'occasione di beccarsi. Il padre di Mal la teneva d'occhio come un falco. E i genitori di Bray gli avevano fatto capire che sarebbe stato poco salutare per lui portare a casa un nipotino prima di essere sposato.

Mal osservò l'uomo che amava e allungò una mano per sistemargli i capelli, lisciandoli. Le sue dita percorsero i lineamenti del giovane, la sua mascella forte, il collo muscoloso.

Bray abbassò la testa per catturare le labbra di Mal con le proprie, aprendole la bocca con la lingua. Non che lei avesse bisogno di incoraggiamenti. Toccò con la lingua quella di lui e approfondì il bacio. Bray gemette nella sua bocca prima di rompere il bacio.

Le scostò i capelli dal viso. "Sono prontissimo, tesoro. Lo senti quanto sono duro?"

"Sì. Adesso basta parlare, Cow-Boy."

Con quel suo sorriso da spaccare il cuore, Bray scivolò sul fieno ruvido per infilarsi fra le sue gambe. Le sollevò le cosce e si mise i suoi piedi sulle spalle mentre si tuffava a "incantarla." Nel corso dell'ultimo anno, aveva scoperto cosa le piaceva e cosa non le piaceva. Anche se non c'era molto che non le piacesse. Il ragazzo era proprio bravo quando si trattava di leccargliela.

Mal sollevò il bacino da terra mentre lui faceva vorticare la lingua attorno al suo clitoride prima di succhiarlo, quindi piagnucolò quando lui le infilò dentro due delle sue ruvide dita da contadino. Un aspetto positivo dell'essere giovane e piena di ormoni scatenati era che le bastava poco per godere. E il fatto che Bray sapesse quali bottoni premere era d'aiuto. Mentre lui le passava la lingua sul clitoride e faceva dentro e fuori con le dita, lei gli afferrò i capelli per tenerlo fermo, anche se dubitava che lui avesse intenzione di andare da qualche parte.

Nel giro di qualche istante, Mal inclinò il collo e aprì la bocca, lanciando un urlo che avrebbe svegliato i morti. Le sue pareti interne si strinsero, pulsarono e danzarono attorno alle dita di Bray.

Quando il mondo tornò a fuoco, Mal abbassò lo sguardo lungo il proprio corpo e fino a lui. Bray sollevò la testa e sfoderò un sorriso ampio e scintillante. "Credo che mi piace quanto piace a te."

Mal ne dubitava. A giudicare dallo sfinimento in cui versava il suo corpo, era sicura che a lei piacesse di più. Allungò la mano. "Vieni qui, Cow-Boy."

Bray risalì il suo corpo come un leone di montagna in caccia. Ci mancava solo che ruggisse. Mal ridacchiò a quell'immagine.

"Cosa c'è di buffo, Principessa?"

Maleen si limitò a scuotere la testa, poi sospirò pesantemente quando lui prese ancora una volta posto fra le sue gambe, l'erezione che premeva contro di lei.

Avevano un'abitudine. Tutte le volte che lui la penetrava per la prima volta, si dichiaravano reciprocamente amore. Sdolcinato? Sì. Ma per entrambi, il sesso era una cosa seria. E nonostante avessero solo diciott'anni, volevano dimostrarsi devozione reciproca.

Mentre Bray la penetrava, si guardarono negli occhi e bisbigliarono "Ti amo."

Bray affondò così tanto che lei avrebbe voluto urlare. La riempì; la fece sua. Quando lei gli avvolse le gambe attorno alle cosce, gli afferrò il sedere nel tentativo di avvicinarlo ancora di più. Il bacino dell'uomo sfregò contro il suo clitoride già sensibile, strappandole un singulto e facendo restringere i muscoli, dentro e fuori.

"Dio, tesoro, sei strettissima. Mi fa impazzire."

Mal non provò nemmeno a rispondere. Non ne era in grado. Era troppo presa dalle sensazioni che lui strappava al suo corpo mentre si muoveva dentro e fuori da lei, rendendola sempre più lubrificata, sempre più calda.

"Insieme per sempre, Principessa," bisbigliò Bray, le labbra contro l'orecchio di Mal. La guancia del suo ragazzo premeva contro quella di lei, il fiato caldo soffiava contro la sua pelle, spingendola vicino al limite. Mal affondò le unghie – quelle finte che si era messa per il concorso – nel sedere di Bray, scavandogli solchi nella carne.

I movimenti dei glutei del giovane mentre pompava dentro di lei si fecero più intensi mentre aumentava il ritmo. La penetrò ripetutamente fino a quando non le si arricciarono le dita dei piedi, il suo corpo si tese e lei gli affondò i denti nella spalla per soffocare il grido. Con un grugnito, lui la raggiunse, il membro che pulsava in profondità.

Bray calò delicatamente il peso su di lei, stringendola a sé.

"Per sempre, Cow-Boy," mormorò Mal contro la pelle umida del collo di Bray.

Un gran baccano proveniente dal basso li fece sobbalzare entrambi. Bray si mise seduto, stringendo Mal a sé come per proteggerla. Quando la voce tonante del padre di Mal giunse fino al soppalco, lei capì che Bray non poteva proteggerla… né poteva proteggere se stesso. Erano fottuti, alla grande.

"Ragazzo! So che sei là sopra! Scendi giù o salgo io!"

Entrambi si scambiarono un'occhiata e dissero "Merda" all'unisono. Bray aveva gli occhi spalancati, molto probabilmente per paura della morte imminente. Entrambi si guardarono attorno, ma sapevano già che non c'erano vie di fuga o nascondigli. E, peggio ancora, i vestiti di Bray erano ancora di sotto. Mal si affrettò a infilarsi lo stupido vestito che aveva indossato per il concorso, mettendosi le mutandine piene di fieno sotto la gonna. Altro che fastidioso prurito intimo…

"Merda, merda, merda," bisbigliò. Lanciò un'occhiata compassionevole a Bray, dato che questi indossava solo la fascia tutta spiegazzata.

Il fracasso e i tonfi si stavano avvicinando, perché il padre di Mal stava salendo la scaletta.

Mal spalancò gli occhi. Spinse Bray dietro di sé quando la testa di suo padre apparve dal pavimento del soppalco. Non solo la testa, ma anche…

Un forcone!

Cazzo.

Suo padre sbatté il forcone sul pavimento e lo usò come appoggio, sollevandosi e uscendo completamente dal buco. Aveva il respiro affannoso ed era paonazzo. Doveva essere furioso.

Dopo aver ripreso l'equilibrio, l'uomo puntò un dito tremante contro Bray alle spalle di Mal. "Io ti scuoio vivo. Cosa ci fai nudo con mia figlia? Allontanati da lei." Raccolse il forcone a tre rebbi e continuò a indicare Bray con quello. "Vieni fuori. Sii uomo!"

Dopo averle stretto le spalle in maniera non troppo rassicurante, Bray si fece avanti per affrontare il furibondo padre di Mal, allontanandola con un colpetto. E quando suo padre prese la mira, Mal lanciò un urlo a pieni polmoni.

Quasi al rallentatore, osservarono inorriditi il forcone che volava. Bray schivò appena in tempo e i rebbi si conficcarono nelle assi di legno con un rumore metallico.

Il cuore di Mal batteva così forte che sembrava volesse fuggirle dal petto. Avrebbe voluto sentirsi sollevata... fino a quando non vide suo padre avanzare su di loro.

"Bray, *vattene!*" gridò.

Con la rapidità della gioventù, Bray aggirò il padre di Mal e saltò giù dal buco. Il cuore di Maleen le balzò in gola quando lo sentì atterrare duramente sul pavimento. Udì un gemito e un'imprecazione, seguiti da un rumore di piedi che suggeriva che Bray stesse correndo fuori dal fienile.

Sconvolta, Mal si voltò verso suo padre. "Papà, perché?!"

"Perché? Perché quello vuole mettere incinta mia figlia."

Mal batté il piede per terra. Cominciava a essere arrabbiata quanto suo padre. "No, papà. No! Io lo amo!"

"Ma cosa cazzo dici?! Sei troppo giovane per sapere cos'è l'amore. Questa è solo voglia. Braydon Daniels è solo un toro alla ricerca di una vacca in calore. Non fare la giovenca. Ora vai in casa." Quando lei esitò, l'uomo gridò: "Subito! Lo so io cosa è bene per te. E non osare nemmeno pensare a rispondermi."

Singhiozzando, Mal scese la scaletta e corse fuori dal fienile. Meritava ogni singola puntura del fieno secco appiccicato ai vestiti mentre tornava a casa.

Non si guardò mai alle spalle. Sapeva che il suo Dairy Prince se n'era andato da tempo.

Capitolo due

Il presente

MAL SI ASCIUGÒ una lacrima solitaria dalla guancia. L'uomo che giaceva di fronte a lei somigliava a suo padre, ma era solo un guscio imbellettato. Il suo animo protettivo aveva lasciato il corpo. Perché il suo papà protettivo lo era stato, fin troppo. Mal l'aveva sempre detestato, aveva sempre fatto opposizione. Ora, mentre si allungava ad accarezzare la mano fredda e immobile incrociata sul petto dell'uomo, si rendeva finalmente conto di quanto lo aveva apprezzato. Suo padre l'aveva spinta sulla strada del successo, l'aveva costretta ad abbandonare la fattoria in cui era cresciuta. Aveva voluto che lei facesse qualcosa di buono per se stessa, invece che diventare una contadina povera.

Non che suo padre fosse stato povero. Era stato uno degli allevatori di maggior successo della contea, anzi, della regione. Ma, ciononostante, voleva che la vita di sua figlia fosse migliore, che lei avesse di più.

Ma il loro concetto di "migliore" non era lo stesso.

Una mano si posò sulla sua spalla e lei sussultò. Non avrebbe dovuto stupirsi, dato che la gente aveva già cominciato a entrare e sedersi per la cerimonia.

Le dita lunghe e robuste della mano misteriosa, con uno spruzzo di peli scuri fra le nocche, le diedero una stretta delicata. Lei voltò la testa verso il proprietario. Sussultò nuovamente quando sollevò lo sguardo.

Porca troia...

Braydon Daniels.

Quello non era il ragazzo di cui lei era stata innamorata quattordici anni prima. No. Era maturato e cresciuto nella splendida visione che aveva di fronte. Mal deglutì faticosamente e cercò di ritrovare la voce.

"Bray..." Il nome le uscì in un sussurro.

"Mal," disse lui, la voce di un paio di ottave più bassa di come la ricordava lei. La fece voltare con le mani sulle spalle e poi la prese fra le braccia. Mal sentì i muscoli sotto la camicia elegante contrarsi mentre la abbracciava.

Il respiro dell'uomo le fece il solletico fra i capelli vicino all'orecchio quando lui inalò il suo profumo. "Dio, mi sei mancata, Principessa," mormorò.

Principessa. Un affettuoso nomignolo che lui le aveva dato molto tempo prima. Aveva sempre considerato lei la sua vera Dairy Princess, non Kaitlyn.

Mal rabbrividì fino alle punte dei piedi. *Anche tu mi sei mancato. Non sai quanto.* Le sue braccia si chiusero spontaneamente attorno alla schiena dell'uomo e lei inalò un poco a sua volta. Bray odorava di animali da fattoria e antisettico. Mal arricciò il naso e si spinse via facendo una smorfia.

"Scusami. Ho dovuto cambiarmi in fretta e furia dopo che un vitello ha deciso di nascere all'ultimo momento. Parto podalico. Non ho avuto il tempo di fare la doccia."

Ah, giusto, ora Bray era il veterinario locale. Il padre di Mal glielo aveva accennato qualche anno prima. L'unica volta in cui aveva risposto alle sue domande riguardo a Bray.

"Beh, sai di campagna."

L'uomo fece spallucce. "Quando sei a Roma..." Ridacchiò e agli angoli dei suoi occhi comparvero delle piccole rughe. I suoi begli occhi nocciola dalle sfumature verdi e dorate brillavano ancora, anche se non forte come ricordava lei.

Mal ripensò a quei momenti rubati nel fienile, quando lui aveva studiato ogni centimetro del suo corpo mentre lei giaceva nuda in un mucchio di fieno o su una coperta per cavalli. Il ricordo la colpì come un fulmine. Si abbatté sul centro del suo essere, scaldandola dall'interno.

Bray fece un passo indietro, ripristinando una distanza rispettabile, dato che si trovavano nella parte anteriore della camera mortuaria. Di fronte a quello che, Mal se ne accorse sono in quel momento, era un pubblico quasi pieno.

"Mi dispiace per tuo padre."

Nei pochi momenti trascorsi fra le braccia dell'uomo, lei aveva quasi dimenticato il motivo per cui era lì. E l'unico motivo per cui Bray poteva essere lì. Giusto?

"Grazie. Me lo aspettavo, ma fa male comunque."

Lui annuì, senza mai distogliere lo sguardo dal suo volto. Quand'è che Bray era diventato un uomo così maturo e attraente? Il suo stomaco fece un salto mortale.

Nelle vicinanze, una voce maschile si schiarì e lei notò il gentiluomo basso e anziano che gestiva le pompe funebri e che si stava torcendo le mani. "Signora Marshall, dobbiamo cominciare."

Quel nome le provocò una fitta di disagio. "Mi chiami signorina King, per favore."

"Chiedo scusa. *Signorina King.*"

Mal strinse le labbra e si rivolse a Bray. "Possiamo parlare più tardi."

Con un leggero cenno del capo, l'uomo disse a bassa voce: "Mi piacerebbe."

Bray percorse la navata per sedersi a un posto vuoto verso il fondo della sala, mentre Mal prese posto in prima fila. Un'anziana vicina, Emma Haskins, si chinò a darle un colpetto sul ginocchio con le mani increspate e macchiate dall'età. Le nocche nodose e la pelle sottile le ricordarono quelle di suo padre. Mal trattenne un singhiozzo e riuscì a rivolgere un sorriso tremolante a Emma, ringraziandola.

Poi, la cerimonia dell'ultimo addio a suo padre ebbe inizio.

<hr>

MAL SI TORMENTÒ la gonna a tubino nera, staccandosi il tessuto ruvido dalla pelle. Era ansiosa di tornare a casa e mettersi un vecchio paio di jeans comodi. Le sarebbe piaciuto entrare ancora nel vecchio paio che aveva trovato in uno scatolone in fondo all'armadio della sua cameretta d'infanzia. Ma come Braydon, anche lei era maturata. Il che significava che aveva delle curve incompatibili con i suoi jeans aderenti da ragazzina.

Mentre scendeva la rampa della camera mortuaria, si stupì nello scoprire che nel parcheggio era rimasta un'altra auto, oltre alla sua. Aveva pensato che sarebbe stata l'ultima ad andare via, soprattutto dopo che era rimasta per prendere accordi con l'impresario per la cremazione di suo padre.

Inciampò e si resse aggrappandosi al corrimano metallico che correva lungo il piano di cemento.

Bray stava proprio bene.

Merda. "Stava bene" era un enorme eufemismo. Era come dire che un gelato pieno di scioglievolissimo caramello caldo, noci candite, zuccherini, un mucchio di vera panna montata e una ciliegina fosse semplicemente *buono*.

Il suo stomaco brontolò. Maleen non sapeva se ciò fosse dovuto al fatto che ora aveva voglia di gelato o alla vista di Braydon Daniels con il sedere appoggiato alla fiancata di un pickup, con le braccia e le caviglie incrociate mentre la guardava avvicinarsi.

Mal abbassò lo sguardo sulla camicetta. Sì, i suoi capezzoli si erano induriti fino a trasformarsi in due vette montuose. Sospirò. *Alla faccia della discrezione, Mal.*

Certo, avrebbe sempre potuto cogliere due piccioni con una fava e mangiare il gelato appiccicoso da – quello che lei poteva solo immaginare essere – il ventre piatto dell'uomo. Scommetteva che gli addominali di Bray avevano delle rientranze dove il gelato fuso e il caramello si sarebbero accumulati fino a quando lei non avrebbe leccato via ogni traccia di quella dolce bontà.

Mal vacillò e dovette trarre un respiro profondo prima di chiudere la distanza.

"Immaginavo che quella fosse la tua macchina."

Non era ancora abituata alla voce profonda di Bray. La voce di un uomo, non di un ragazzo. Aveva parcheggiato a soli due spazi di distanza dalla Audi R9 rosso acceso di Mal. Con il motore V10 5.2 migliorato e il cambio manuale, la piccola auto sportiva l'aveva alleggerita di 166.000 dollari tondi tondi. Cinquecento e cinquanta cavalli non costavano poco. Pur essendo uno splendore e divertentissima da guidare, laggiù, nel buco del culo del Texas, quell'auto non era altro che uno scherzo.

Oh, a casa a New York l'auto non mancava mai di fare colpo sui suoi colleghi, ma in campagna, uno spandiletame era più utile. All'improvviso, Mal si rese conto che pensava erroneamente a New York come a "casa."

"Come hai fatto a indovinare?" chiese, cercando di non essere troppo palese nel suo passare in rassegna con lo sguardo ogni centimetro del corpo dell'uomo.

Lui rise, scuotendo la testa, e per un attimo abbassò lo sguardo sul cemento. Quando lo risollevò, la trafisse coi suoi occhi verde-dorati.

Mal fece del suo meglio per non agitarsi.

In tutta serietà, Bray ricordò: "Avevi detto che avremmo potuto parlare."

E in tutta onestà, Mal non aveva voluto dire *subito* dopo la cerimonia. Ma un po' di tempo dopo.

Osservò i lineamenti dell'uomo. Alla luce naturale, Bray era ancora più attraente. Abbronzatura profonda. Vigoroso. Un po' più segnato di quanto avrebbe dovuto esserlo a trentadue anni. D'altra parte, era probabile che una vita di duro lavoro avesse conseguenze del genere.

Mal si acciglò nell'osservare la barba folta e scura che questi sfoggiava. Non era incolta, ma non le piaceva per niente. Gli sfiorò la mascella con le dita, per poi tirare i peli corti e ispidi. "Perché?" chiese semplicemente.

Lui si allungò verso la sua mano, ma lei la lasciò ricadere lungo il fianco. Bray si strinse nelle spalle e inclinò la testa, osservandola. "Perché la mia ex la detestava."

"Ex?" Le sopracciglia di Mal si sollevarono fino a sfiorarle l'attaccatura dei capelli. Mal non sapeva nemmeno che Bray si fosse sposato, figurarsi che avesse divorziato. Fece un passo indietro, frapponendo un po' di distanza fra di loro.

Bray aveva sposato un'altra. Una che non era lei.

A diciott'anni, Mal avrebbe voluto diventare sua moglie, essere sua per sempre. Il pensiero che un'altra potesse averla rimpiazzata le faceva male. E non era solo un piccolo bruciore. No, era una sofferenza profondissima.

Si diede uno scossone mentale. Non aveva diritto di pensare in quel modo. Lui non era stato l'unico a sposare un'altra persona. Inconsciamente, Mal si guardò l'anulare sinistro. Sebbene il segno del suo matrimonio fallito non fosse più visibile, lei non se l'era ancora lasciato alle spalle.

Chissà chi aveva sposato Bray.

"Ti chiederei di prendere un caffè, ma ho un altro impegno di lavoro. Devo dare un'occhiata alle scrofe malate di Massey Campbell."

Mal non udiva la parola "scrofe" da molto tempo. *Scrofa, verro, giovenca.* Termini che non usava da quando era partita, tanti anni prima. Da quando suo padre l'aveva mandata lontano. La cosa più simile che avesse udito dalle bocche dei suoi colleghi e amici in città era "stronzate.[1]" E l'aveva sentita spesso.

Mal annuì, lo sguardo che passava sul corpo dell'uomo, incapace di resistere. Ancora una volta, notò come si era irrobustito rispetto all'adolescente magro di una volta.

Bray si schiarì la voce.

Mal sollevò lo sguardo sulla sua espressione divertita. "Come?"

"Ti ho chiesto se posso passare dalla fattoria, questa sera."

Oh. Mal avvampò. Si portò la mano fredda a una guancia. "Ehm... va bene."

Bray si raddrizzò, fece un passo avanti, sciolse le braccia e le passò la mano lungo il collo, fra i capelli, cullandole la testa per avvicinarla a un soffio dalle sue labbra. "Potrei fare tardi. Dipende se ci saranno o meno chiamate di emergenza."

Mal non riusciva a pensare con lui così vicino. Voleva disperatamente fare un passo avanti e baciarlo. Voleva sentire le labbra di lui contro le sue. Era da un po' di tempo che non aveva contatti intimi e la cosa le mancava.

Ma ancora di più, ora che il suo Cow-Boy era a pochi centimetri da lei, si rendeva conto di quanto le era mancato. Di quanto *loro due* le erano mancati.

Il Cow-Boy e la sua Principessa.

"Beh?" mormorò Bray.

"Beh cosa?" bisbigliò in risposta a lei.

Bray superò il piccolo spazio che li separava e la baciò, prendendo il controllo delle sue labbra. La lingua dell'uomo le schiuse per esplorare l'interno della bocca di Mal. Bray sapeva un po' di menta e un po' di caffè. Inclinò la testa per sigillare le labbra su quelle di lei e Mal gemette. Passandosi un braccio attorno alla schiena, la strinse a sé. La sua eccitazione dura le premette contro il ventre.

Il desiderio fra di loro era ancora presente, come se lei non se ne fosse mai andata. Come se non fossero passati quattordici anni e loro si aggirassero ancora furtivamente fra i soppalchi dei fienili. Ma era una sciocchezza. Erano adulti, ora. Avevano sposato entrambi altre persone. A riprova del fatto che tutti e due avevano messo da parte la loro cotta giovanile.

Bray ruppe il bacio e si ritrasse, il respiro leggermente affannoso, mentre la fissava in silenzio. Sbatté le palpebre una, due volte, e poi lei gli passò le braccia attorno al collo e lo avvicinò di nuovo a sé. Appoggiò il viso al suo petto, sentendo sotto la guancia il battito rapido del suo cuore.

Le vennero le lacrime agli occhi, ma si rifiutò di lasciarle cadere. Aveva già pianto abbastanza per suo padre. Trovarsi di nuovo fra le braccia di Bray non era un'occasione triste, ma una riunione felice.

Forse la cosa non sarebbe proseguita oltre quel bacio nel parcheggio. Erano cambiati entrambi, in quattordici anni. Non si conoscevano più.

Ma lei era disposta a rivederlo, in qualunque caso. "Ci sarò," disse.

"Ti chiamerò a casa nel caso dovessi fare troppo tardi."

Lei annuì e si voltò verso la sua auto.

"Principessa," chiamò l'uomo mentre si allungava verso la porta del furgone.

Lei si guardò alle spalle.

"Sono felice che tu sia tornata."

Anch'io.

Capitolo tre

MAL ATTRAVERSÒ RAPIDAMENTE l'oscurità che separava il fienile dalla casa. Aveva dato un'ultima occhiata alle vacche da latte prima di concludere la giornata. Guardò l'orologio. Erano le nove di sera e ancora non c'erano tracce di Bray. Quando sarebbe entrata in casa, avrebbe controllato la vecchia segreteria telefonica per vedere se l'uomo avesse cancellato l'appuntamento.

Le luci dei fari spazzarono la curva del viale sterrato, accecandola. Mal sollevò la mano per schermarsi gli occhi.

Parli del diavolo...

L'uomo accostò accanto a lei, i sassi che scricchiolavano sotto le gomme, e abbassò il finestrino. "Ehi."

"Ehi, tu."

"Scusa il ritardo. Ho–"

Mal levò gli occhi al cielo. "Lo so, lo so. Hai avuto un'emergenza."

L'uomo ridacchiò sottovoce. "E poi sono andato a casa a cambiarmi e a fare una doccia per non attentare al tuo olfatto."

"Che fortuna. Ci vediamo in veranda."

Bray parcheggiò vicino alla casa e aspettò nel furgone. Guidava uno di quei pickup con l'inserto nel vano posteriore che usavano i veterinari, il che aveva senso: probabilmente, era pieno di farmaci e ferri del mestiere. Era probabile che Bray dovesse averlo sempre con sé, nel caso ricevesse una chiamata di emergenza. All'unico veterinario specializzato in animali da allevamento della contea, il lavoro non mancava di certo.

L'uomo la seguì su per i gradini della veranda e in casa. "Wow," disse, guardandosi attorno. "Non vengo qui da un bel po'. Da quattordici anni, per la precisione."

Mal ricordava l'ultima volta che Bray era entrato in casa: il mattino dopo che suo padre li aveva sorpresi nel soppalco. Le aveva portato un regalo: l'aveva definito una "collana di promessa," simile a un anello di promessa.[1] All'interno della scatoletta nera c'era una collana dalla catenella delicata e i ciondoli appesi alla catena dorata formavano la parola *Principessa*. Ma prima che Mal potesse indossare la collana, suo padre era entrato di corsa in casa per cacciare Bray.

Mal aveva temuto che suo padre avrebbe preso il fucile a pallettoni. Ma Bray si era inginocchiato ai piedi dell'uomo e lo aveva implorato di dargli il permesso di sposarla. Giurando ripetutamente al cocciuto padre di Mal che lei era "quella giusta per lui," aveva promesso di prendersi cura di lei per il resto della vita.

Papà non aveva voluto sentire ragioni. Il suo volto era arrossito come la sera prima nel fienile e lui aveva gridato che voleva che sua figlia combinasse qualcosa di meglio che diventare la moglie di un allevatore. Non voleva che indossasse un grembiule, sfornasse bambini e avesse sempre le unghie sporche di terra e le scarpe sporche di sterco.

Mal non aveva mai dimenticato il modo in cui l'espressione di Bray era crollata. Le aveva spezzato il cuore. Lo amava e non desiderava altro che diventare sua moglie.

"Allora, cos'è successo qui?" chiese Bray mentre entrava in quello che, ai vecchi tempi, sarebbe stato definito il soggiorno.

La sua domanda la riportò di colpo al presente. Quell'uomo non era lo stesso ragazzo che si era rialzato barcollando con le lacrime agli occhi mentre suo padre lo sbatteva fuori.

Mal lo osservò. Bray indossava dei vecchi jeans e una camicia di flanella con le maniche arrotolate sopra i gomiti. Portava la camicia nei pantaloni e un'ampia cintura di cuoio che gli stringeva la vita. E naturalmente, ai piedi calzava stivali da cowboy. Cos'altro avrebbe potuto indossare? Almeno una cosa non era cambiata.

"Sono le cose che avevo nel mio appartamento. I traslocatori hanno portato tutto ieri. Ancora non so cosa ne farò."

Gli scatoloni e i mobili del loft di New York che Mal aveva voluto tenere colmavano il soggiorno, dal pavimento al soffitto.

L'uomo si voltò verso di lei, l'espressione sconvolta. "Aspetta... Torni a vivere qui?"

"Eh sì." Mal si diresse verso la cucina e lui la seguì a ruota.

"E il lavoro?"

Mal aveva sentito quella domanda troppe volte. Tutti i suoi colleghi le avevano chiesto la stessa cosa. Avevano buone intenzioni, perlopiù, ma alcuni di loro pensavano che lei fosse pazza a rinunciare ai suoi grandi guadagni per tornare a casa e vivere in una fattoria in culo al mondo.

Ma lei ne aveva abbastanza. Vivere in città era stato divertente per un po'. Ma dopo qualche anno, aveva cominciato a esaurirla. Il mondo degli agenti di borsa era un nido di vipere. Si lavorava moltissimo, si mangiava malissimo e bisognava essere sempre sul pezzo per blandire i clienti. Mal si era stancata della discriminazione nei confronti delle donne e delle molestie sessuali continue. E ogni tanto, invece di uscire a bere con gente che non voleva davvero frequentare e che a volte non le stava nemmeno simpatica, avrebbe preferito andare a casa, mettersi una vecchia camicia di flanella come quella che indossava Bray e raggomitolarsi a letto con un bel romanzo erotico fra le mani.

Sfortunatamente, nella maggior parte dei casi, la fatica le aveva impedito di fare persino quello.

"L'ho lasciato."

"Cosa farai qui?"

"Gestirò la fattoria." Impossibile non notare il conflitto nell'espressione dell'uomo mentre questi affrontava lo stupore per la sua decisione.

"Da sola." Il suo tono diceva chiaramente che non credeva che lei ne fosse in grado.

"Ho i braccianti," gli ricordò lei.

Le braccia dell'uomo si sollevarono e si abbassarono in un gesto di frustrazione. "Maleen, uno di loro è centenario!"

"Ti prego di non chiamarmi così. E Willie non è centenario: ha solo una settantina di anni."

"Porca troia, Mal. Ridotto com'è, potrebbe averne benissimo cento."

"È tutta apparenza. È in forma per la sua età, perché

si tiene in esercizio. Dice che morirebbe se smettesse di lavorare."

"Mal–"

Lei sollevò una mano, zittendolo. "Ho deciso."

Lui le afferrò la mano e la tenne delicatamente. "Ci hai pensato bene?"

"Pensi che io non sappia quanto lavoro richiede gestire questa fattoria?"

Le labbra dell'uomo si strinsero in una linea cupa. "Certo che lo sai. Ma–"

"Ma niente." Mal liberò la mano dalla stretta di Bray e si appoggiò al vecchio piano di formica che aveva decisamente bisogno di essere sostituito.

"Dicevano che tuo padre avesse scritto nel testamento che la fattoria avrebbe dovuto essere venduta. Che tu non avresti potuto ereditarla."

"È vero."

"D'accordo." Bray cominciò a camminare in cerchio in cucina. "Non che mi dispiaccia che tu sia tornata a casa, ma se il testamento–"

Mal lo interruppe. "L'ho comprata."

"Cosa?"

"Ho comprato la fattoria per un dollaro."

Bray aprì la bocca, poi la chiuse di scatto. Girò sui tacchi per fronteggiarla. "Ma è legale?"

"Sì. L'avvocato ha detto che c'era una scappatoia, perché papà non aveva scritto benissimo il testamento."

Bray si batté le mani sui fianchi. "Porca miseria."

Mal strinse gli occhi e si spinse via dal piano. Si mise a sua volta le mani sui fianchi. "Mi dispiace che tu dubiti di me."

Bray scosse la testa. "Non dubito di te, Mal. Sono preoccupato."

"Non esserlo."

Le sopracciglia di Bray si toccarono. "Perché no?"

"Perché io non appartengo più a te, Bray. Tu non appartieni più a me. Siamo adulti, ora; abbiamo voltato pagina. Posso prendermi cura di me stessa."

Bray esalò rumorosamente il fiato e si protese verso di lei. Maleen schivò il contatto. "Non sono stato io a scegliere di voltare pagina."

Era vero. E non era stata nemmeno lei a sceglierlo. Ma era successo. E loro non erano più ragazzini che non conoscevano il mondo. Nel tempo che era trascorso da allora, ciascuno di loro aveva imparato che la vita era più complicata a trentadue anni che a diciotto.

"Se sei venuto qui pensando di riprendere da dove eravamo rimasti tanti anni fa…"

Bray si protese di nuovo verso di lei, questa volta senza lasciarsela sfuggire. Le afferrò entrambi i bicipiti. "Non puoi dirmi che non provi nulla."

No. Mal non poteva. Lui sapeva che, dopo tutti quegli anni, lei provava ancora qualcosa per lui.

<hr>

Maleen avrebbe mentito se lo avesse negato. Ce l'aveva scritto in faccia. E questo gli dava un po' di speranza.

Era diventata una donna bellissima. Porca miseria, era bellissima già allora; adesso era meravigliosa. Fissare nelle profondità dei suoi occhi marrone scuro era devastante. Proprio come quando erano bambini, una sua occhiata e lui era perduto.

Non che volesse opporre resistenza.

I capelli della donna, di una profondissima sfumatura

di castano, erano più lunghi di quanto lui ricordasse. Le lunghe ciocche le ricadevano sulle spalle e fin quasi a metà della schiena. La luce della lampada della cucina ne coglieva la lucentezza e la leggerissima ondulazione naturale.

Bray chiuse gli occhi per un momento mentre immaginava la morbidezza scorrere sulla sua pelle nuda. Li riaprì per osservare ogni minimo movimento della donna. Il battere delle sue palpebre, l'alzarsi e l'abbassarsi del petto a ogni respiro breve, l'inturgidirsi dei capezzoli sotto la camicia di cotone. Lo sguardo di Mal gli fece capire che non aveva torto. Anche lei lo sentiva.

Bray allentò la presa sulle braccia della donna, facendo scivolare i palmi fino alle sue spalle e poi di nuovo verso il basso, fino alle punte delle dita. Intrecciate le loro dita, si portò le mani giunte alle labbra, sfiorandole delicatamente le nocche, senza infrangere il contatto di sguardi.

"Sono venuto qui questa sera perché, quando ti ho vista davanti a tutti alla camera funeraria, mi è sembrato di essere colpito da un fulmine. Ero venuto solo per rendere omaggio a tuo padre, nonostante lui mi odiasse per aver rovinato sua figlia. Ma non pensavo che tu potessi farmi ancora quell'effetto. In quel momento, mi sono reso conto di quello che ci siamo persi. Di quello che avrebbe potuto essere. Del motivo per cui non sono riuscito a trovare la piena felicità nella mia vita." Bray sussultò nel fare quella confessione.

"Non possiamo vivere nel passato, Cow-Boy."

Bray succhiò un respiro. Lottò contro l'effetto dei ricordi rievocati dal suo vecchio soprannome. "No, hai ragione, Principessa. Non possiamo. Ma questo non ci impedisce di creare un futuro."

Era del tutto aperto e vulnerabile. Ma si fidava di Mal. Lei si comportava in maniera completamente diversa dalla sua ex-moglie, che si sarebbe approfittata di quella vulnerabilità e l'avrebbe sfruttata contro di lui. Che lo avrebbe schiacciato sotto il tacco dello stivale.

Mal distolse lo sguardo, fissando un punto dietro le spalle di Bray. "Non pensi che siamo cambiati?"

"Certo che lo penso. Ora siamo adulti ed esperti, non ragazzini ingenui. Sei almeno disposta a provarci? Te lo dico di nuovo, Mal: mi sei mancata. Ho pensato a te tutti i giorni da quell'ultima mattina. Non ti sono mancato?"

Un peso schiacciante calò sulle spalle di Bray quando lei esitò.

Mal inalò un respiro tremolante, le mani che tremavano. "Bray–" Le si mozzò la voce. "Stai andando troppo in fretta. Sono a casa solo da un paio di sere e tu parli di un futuro. Onestamente, non ci conosciamo più." Sospirò. "Ammetto che c'è ancora dell'attrazione fisica, ma–"

"Non dire di no. Per il momento, di' forse."

Mal appoggiò la fronte alla clavicola dell'uomo e lui le infilò le dita nei capelli. Gli doleva il cuore. La verità era che aveva *davvero* pensato a lei ogni singolo giorno. Persino quello in cui era nato suo figlio. Gli era dispiaciuto che non fosse Mal quella in sala parto a darlo alla luce.

"Siamo solo una vecchia cotta delle superiori."

"No. Non dire così. Era molto di più."

Moltissimo di più. Il pensiero che lei liquidasse così la loro relazione lo faceva soffrire. Sapeva che, allora, lei aveva provato i suoi stessi sentimenti.

"Davvero, Bray? A diciassette, diciotto anni, sapevamo davvero cosa volevamo?"

"Sì! Io volevo *te*, Mal. Solo te."

"Ma hai sposato un'altra," disse lei in tono piatto.

La rabbia di Bray svanì in un istante. Sì, lo aveva fatto. Per disperazione e col cuore spezzato.

E per la necessità di fare "la cosa giusta."

Era uno degli errori più grandi che lui avesse mai commesso. Il più grande? Rinunciare a Mal. "Non sminuire quello che c'era fra noi."

Gli occhi di Mal brillavano di lacrime. Lei si strappò dal suo abbraccio.

Lui la lasciò andare con riluttanza. "Possiamo solo dormire abbracciati, questa notte? Me lo concedi?" Avrebbe accettato qualunque cosa da lei. Anche solo per una notte. E anche solo stringerla a sé.

"No," disse Mal, la voce bassa e vogliosa quanto bastava per contrargli i testicoli. "No, che Dio mi aiuti, questa notte voglio di più."

Capitolo quattro

Mal non riuscì a trattenere un sorriso quando lo sguardo di Bray si illuminò e le ombre svanirono. L'uomo esultò a pieni polmoni mentre la sollevava. Lei gli buttò le braccia al collo mentre lui partiva a rotta di collo verso le scale.

I primi tre gradini li fece di corsa. Poi rallentò, prendendosi tempo, mantenendo l'equilibrio, cercando di controllare il respiro mentre saliva.

Mal trattenne un sorriso. Doveva riconoscergli che era molto ambizioso, ma lei non era più un'adolescente di quarantacinque chili.

Gli diede una pacca sulla spalla quando lui raggiunse l'ultimo gradino ed esitò in corridoio. "Puoi mettermi giù se ne hai bisogno, Cow-Boy."

"All'inferno. Tu sei ancora la mia Principessa e io ti tratterò come tale."

La determinazione attraversò il viso dell'uomo. Era stata sua intenzione trasportarla fino in fondo. Mal si rese conto che lui non aveva idea di dove andare. Non era mai stato in camera sua. Suo padre lo avrebbe scuoiato vivo.

Sollevò un braccio a indicare la porta in fondo al corridoio.

Qualche lunga falcata più tardi, l'uomo spalancò la porta con un calcio, portando Mal oltre la soglia. Il suo entusiasmo si arrestò improvvisamente quando vide il piccolo letto a una piazza.

"Già, dimenticavo," osservò lei.

"Non lo abbiamo mai fatto in un letto. Perché cominciare adesso?"

La sua presa su di lei vacillò e Mal svicolò dal suo abbraccio, scivolando lungo il suo corpo. Bray doveva imparare i suoi limiti. L'ultima cosa di cui lei aveva bisogno era di esser lasciata cadere come un sacco di grano sul pavimento di legno massello.

La stanza odorava un po' di chiuso. Mal non aveva trascorso lì le ultime due notti: invece, aveva dormito sul divano del piano di sotto. Anzi, non si era nemmeno presa la briga di ispezionare le camere da letto da quando era arrivata. Era stata troppo impegnata a organizzare il funerale di suo padre e a seguire i traslocatori.

Ma non aveva la minima intenzione di dormire nel letto a due piazze dei suoi genitori. Almeno, non prima di modificare la stanza in modo da non avere più la sensazione che i suoi potessero entrare in qualunque momento. Forse "dormire" era la parola sbagliata.

Bray strappò via la trapunta dal letto e la stese sul tappetino intrecciato sul pavimento. Indicò con un gesto del braccio il letto improvvisato. "Per voi, mia signora."

Mal sbuffò. I suoi pensieri non erano per nulla signorili, al momento. "Siediti."

Lui obbedì con un ampio sorriso, appollaiandosi sul bordo del materasso. Lei si lasciò cadere in ginocchio fra le sue cosce, anche se non con molta grazia, dato che dovette aggrapparsi al suo ginocchio per non cadere. Con uno strattone, gli sfilò uno stivale e poi l'altro, lanciandolo lontano dalle vecchie calzature di pelle.

Era trascorso così tanto tempo dall'ultima volta in cui lo aveva visto nudo, da quando era giaciuta fra le sue braccia. Non avrebbe mai pensato di tornare da dove aveva cominciato.

Con il suo Cow-Boy.

Mentre il suo stomaco faceva un paio di salti mortali, infilò una mano sotto le gambe dei jeans per togliergli i calzini, sfiorando i peli sottili che gli coprivano i polpacci.

"In piedi," ordinò.

Bray si spinse in piedi e si stagliò su di lei, con la testa di Mal al livello delle cosce. Lei sollevò il viso e vide che lui la stava fissando, la luce negli occhi ora scura e seria. Lui le ravviò una sottile ciocca di capelli dietro l'orecchio e lei premette il lato del viso contro la sua mano per un istante prima di allungarsi per slacciargli la cintura e abbassargli la cerniera dei pantaloni. Con una lentezza insopportabile, lei fece scivolare la cerniera verso il basso. Il cotone blu scuro dei boxer fece capolino dalla V del denim aperto.

Mal strattonò con impazienza i jeans di Bray lungo le gambe e lui se li tolse con un calcio. I peli ispidi lungo le sue gambe risaltavano scuri contro la pelle abbronzata. Muscoli snelli scolpivano cosce e polpacci.

Sì, era decisamente maturato. Mal si alzò, aggirando il punto che voleva esplorare più di tutti. *Prendiamocela con calma.* Con grande cura, fece passare i bottoni della camicia di flanella attraverso le loro asole, scendendo lungo il torace di Bray. Quando la camicia fu aperta, lei ci infilò le mani sotto e gliela sfilò dalle spalle, lasciandola cadere sul pavimento dove giacque dimenticata. Afferrato l'orlo della canottiera, strattonò fino a quando lui non la aiutò a rimuoverla.

Mal fece un passo indietro, il cuore che batteva all'impazzata. Passò il palmo della mano sul petto di Bray, sulla piccola chiazza di peli fra i pettorali, sopra i capezzoli turgidi, e seguì la stretta linea di peli scuri fin sotto l'ombelico.

E ora, il momento che aveva tanto atteso... Fece un passo avanti, mettendosi a cavalcioni delle cosce di Bray mentre gli accarezzava lo scroto attraverso il tessuto. I testicoli erano caldi e pesanti fra le sue dita mentre li stringeva con delicatezza. Il fiato di Bray le smosse i capelli sulla sommità del capo e Mal avvertì il contrarsi dei muscoli. Senza lasciar andare lo scroto, fece scivolare la mano libera nei boxer, catturando l'erezione fra le dita e accarezzando l'acciaio vellutato.

Bray gemette e le prese il mento in mano, inclinandole il viso verso l'alto. "Puoi anche toglierli, sai."

Lei incrociò il suo sguardo e gli rivolse un sorriso sensuale. "Posso, Cow-Boy?"

"Te lo suggerisco fortemente, Principessa." Lui ricambiò il sorriso con uno malizioso. Un sorriso da arricciare le dita e inzuppare la figa.

"Se te li tolgo, rimarrò l'unica vestita."

"Beh, non possiamo permettere che questo accada. Sai, c'è la parità," disse lui, l'accento da campagnolo più marcato del normale.

Mal caricò a sua volta la parlata con quella cadenza di cui si era tanto sforzata di sbarazzarsi. "Già, sarebbe un vero peccato."

"Ah, ecco la mia Principessa," mormorò lui. E prima che lei potesse godersi il piacere di togliergli i boxer, lui se li sfilò e li buttò dall'altra parte della stanza. Qualcuno cominciava a essere impaziente.

E forse non era solo.

"Siediti e allarga le gambe."

Un brivido la percorse quando, ancora una volta, lui obbedì immediatamente all'ordine. E lo fece senza fare una ventina di domande. Il che era un cambiamento rinvigorente rispetto a quello con cui lei aveva dovuto avere a che fare per anni.

Si lasciò cadere sul pavimento, si infilò fra le sue gambe, afferrò il sesso di Bray e glielo prese in bocca senza nemmeno offrirgli da bere prima.

Il suo sguardo corse al viso dell'uomo; a occhio e croce, Bray non avrebbe sporto reclami. L'uomo aveva le palpebre pesanti, la bocca leggermente aperta, il respiro un po' affannoso mentre lei gustava il suo sapore inebriante e mascolino. Mal passò la lingua lungo la grossa vena pulsante prima di risalire per passarla attorno alla punta del membro. Assaporò il gusto salato di una goccia di liquido seminale, il sapore di un qualche detergente intimo. Nulla di costoso. Probabilmente, il caro vecchio Ivory.

Quello era un uomo che non si sarebbe mai sognato di spendere centinaia di dollari in prodotti costosi come creme, acqua di colonia, dopobarba, deodoranti e il resto di quelle sciocchezze metrosessuali a cui erano assuefatti gli uomini che lei aveva frequentato a New York. Mal non riusciva nemmeno a immaginare di proporre un prodotto del genere a Bray. Probabilmente, lui l'avrebbe sommersa di risate.

Non che lei lo avrebbe mai fatto. Bray profumava di buono, di pulito, come un ragazzo di campagna vecchio stile. Lei chiuse gli occhi mentre lavorava di labbra e lingua, e anche un po' di denti, lungo l'asta. L'uomo profumava del suo Cow-Boy.

Strinse più forte la radice del membro mentre aumentava il ritmo e lui emise un suono basso e soffocato. Il piacere le vibrò lungo la spina dorsale. Il bisogno di lui in quel momento, in quell'istante, la inzuppò, spingendola a succhiare più forte.

Delle dita le attirarono i capelli, dapprima con gentilezza, poi in maniera più vigorosa. Mal lanciò un'occhiata a Bray e vide che aveva gli occhi stretti e il respiro accelerato. L'uomo borbottò ripetutamente qualcosa, fino a quando lei non capì cosa stava dicendo.

"Fermati. Dio. Fermati. Mal, ti prego..."

Mal lo liberò all'istante dalla lingua e dalla bocca prima di sedersi sui talloni.

Bray schiuse a malapena le palpebre quando allungò una mano per passarle un pollice sulle labbra umide. "Cristo santissimo, stavo per esplodere."

"Non è quello il senso?"

Bray la afferrò per i gomiti e la fece alzare. "Non questa notte. No. Non così, almeno. C'è qualcos'altro che vorrei fare."

Anche lei. Ma era ancora vestita e ciò costituiva un problema. Non sapeva se avrebbe avuto la pazienza di permettere a Bray di toglierle i vestiti. Né credeva che l'avrebbe avuta Bray. Per cui, si strappò i vestiti di dosso il più velocemente possibile, allontanando a schiaffi le mani dell'uomo quando questi cercò di aiutarla. L'avrebbe solo rallentata. Lanciò i vestiti da tutte le parti, senza curarsi di dove atterravano. Uno stivale andò a sbattere contro il cassettone, rovesciando alcune carabattole che lei collezionava da ragazzina. Una figurina di porcellana cadde a terra e si ruppe in mille pezzi.

Mal era pronta a fare lo stesso. Voleva un orgasmo cataclismico di proporzioni epiche. Ne aveva bisogno. E sperava dannatamente che il suo vecchio amante fosse in grado di darglielo. Era trascorso tanto tempo da quando aveva avuto un qualunque orgasmo che non si fosse data da sola.

La sfiducia nei confronti degli uomini, dopo aver avuto a che fare con quel cane di suo marito, l'aveva scoraggiata per un po' dal frequentare persone. Ma mentre fissava Bray, capì che di quell'uomo avrebbe potuto fidarsi. Per sempre.

Si fidava che lui l'avrebbe spinta oltre la scogliera una volta che le si fosse trovato sul bordo, pronta ad allargare le ali e tornare a volare.

Braydon si alzò e la prese fra le braccia, le loro pelli nude calde e morbide dove premevano l'una contro l'altra. Lo sfregamento con i peli dell'uomo le faceva il solletico alle gambe e ai seni.

"Sei bellissima," le mormorò nell'orecchio lui. "Con l'età sei solo migliorata, Mal. Il tuo corpo è perfetto."

D'accordo, lei non credeva completamente all'ultima affermazione, ma le sciolse comunque il cuore. L'erezione di Bray le premette contro il ventre, fece sì che la sua impazienza schizzasse a velocità supersonica.

"Prendimi, Cow-Boy."

I muscoli di Bray guizzarono contro di lei mentre la trascinava sul pavimento e sopra il letto improvvisato. "Certo, Principessa. Ogni tuo desiderio è un ordine per me."

La risatina di Mal si zittì subito quando lui le risalì il corpo, tenendosi sollevato sopra di lei per osservarne ogni centimetro. In circostanze normali, lei avrebbe provato vergogna, ma si rese conto che quello era il suo Cow-Boy.

Non la vedeva come una fallita. Non vedeva i suoi difetti.

Mal afferrò la nuca di Bray, schiacciando le labbra contro le sue, baciandolo intensamente e profondamente. Con un gemito, lui si abbassò sopra il suo corpo, catturando un capezzolo fra le dita per tirare, torcere e accarezzare. I capezzoli di Mal erano già dolorosamente turgidi e le sue azioni la spinsero a inarcare il collo e volere di più.

Bray interruppe il bacio per prenderle l'altro capezzolo in bocca, vorticando la lingua attorno alla punta dura. Mal spinse il bacino verso di lui, ancora una volta impaziente di averlo tutto dentro. Aveva bisogno di quel compimento, di quella connessione.

La sensazione dei denti di lui che le scalfiva i capezzoli si diffuse in lei, per poi atterrare nel suo sesso. "Seriamente, Bray, devi prendermi *adesso*!" Le sue unghie gli affondarono nella schiena e lo graffiarono fino a quando lei non arrivò al sedere, dove afferrò entrambe le natiche e strattonò il bacino dell'uomo verso di sé. Il membro di lui le sfiorò l'apertura.

"Non voglio fare in fretta." Bray gemette, la testa bassa mentre serrava le palpebre.

La frustrazione travolgente le fece venire voglia di urlare, "Non mi importa quello che vuoi. Scopami!" Ma non era vero. A lei importava. Anche se, considerato quanto era duro, Bray probabilmente non avrebbe protestato se lei si fosse lasciata sfuggire quelle parole.

"Ehm, mi servirebbero i jeans."

"Perché?" chiese lei, la voce carica di tensione.

Bray riuscì ad allungarsi a sufficienza senza spostare il corpo da quello di lei per afferrare l'orlo di una gamba dei pantaloni e trascinarli verso di sé. Tirò fuori il portafogli e ne estrasse un preservativo, mostrandone l'involucro spie-gazzato.

Ah. Giusto. Dimenticavo.

Bray si imbustò a tempo di record; poi, la testa del suo membro schiuse le labbra gonfie di Mal. Lei gemette per il sollievo e allargò le cosce mentre lui premeva. La allargò lentamente, riempiendola, fino a quando non riuscì ad andare più a fondo.

L'uomo ed esalò un lungo respiro tremante, lo sguardo velato. "Cazzo, Mal. È così bello..." Si ritrasse lentamente come era entrato. "Sei bollente." Fletté il bacino sotto le dita di lei, affondando. "Sei strettissima."

Lei gli agganciò le caviglie ai polpacci, inclinando il bacino per modificare leggermente l'angolazione. "Mi è mancato averti dentro, Bray. Sono fatta per te. Solo per te." Probabilmente, in seguito si sarebbe pentita di quella confessione, ma per il momento, aveva bisogno di farla. E diceva sul serio. Si erano sempre incastrati alla perfezione, come due pezzi di un puzzle.

Suo padre non aveva mai capito che fra di loro c'era un legame infrangibile. Era evidente persino ora, anni più tardi. Il legame poteva essere un po' sfilacciato, ma esisteva ancora.

L'emozione le gonfiò il petto mentre lui le si muoveva dentro, sopra. Lei gli andò incontro affondo su affondo e avrebbe voluto che non finisse mai. Era stata derubata della possibilità di stare con quell'uomo per gli ultimi quattordici anni. Ciò le faceva male. Voleva bene a suo padre e sapeva che lui aveva avuto buone intenzioni, ma... Le lacrime le scivolarono dagli angoli degli occhi. Non volle mollare la presa su Bray, nemmeno per un istante, per asciugarle. Per cui, si aggrappò più forte ed entrambi grugnirono mentre lui la martellava. La faceva nuovamente sua. Rafforzava quel legame in modo che non fosse più al punto di rottura.

L'orgasmo non la attraversò come un'ondata di marea. Crebbe lentamente, contraendole i muscoli, arricciandole le dita dei piedi. Mal piegò la testa all'indietro, aprì la bocca e produsse un suono basso e soddisfatto che, sul finire, si trasformò in un sospiro.

Bray cominciò a muoversi a singhiozzo. Le asciugò una delle lacrime, chiedendo a bassa voce: "Stai bene?"

"Benissimo," rispose lei, appoggiandogli una mano sul viso. Onestamente, non avrebbe potuto stare meglio, dato che non si era mai aspettata che quel momento si verificasse. Ma era successo e lei era felicissima di essere a casa. Non solo in Kansas, ma anche fra le braccia del suo Cow-Boy.

Si levò tutti i rimpianti dalla testa per concentrarsi sull'uomo che aveva sopra, sui suoi movimenti, sui suoni che emetteva. Lui le bloccò i polsi sopra la testa e strinse i denti mentre la scopava più forte, più a fondo. Bisbigliò ripetutamente il suo nome sino a quando, questa volta, l'orgasmo non la travolse, sparando onde concentriche dal sesso verso la testa e fino alle dita dei piedi.

Mal gridò il nome di Bray e lui si impadronì della sua bocca mentre si irrigidiva, riversandosi dentro di lei.

Entrambi tacquero; l'unico suono nella stanza era il loro respiro affannoso. Bray premette la fronte contro quella di Mal per un momento prima di ricadere al suo fianco. Dopo averle circondato la vita, la attirò a sé. Con un sospiro soddisfatto, Mal si accoccolò nel suo abbraccio.

Le mancava quando Bray aveva i capelli più lunghi e lei glieli scostava dalla fronte e dagli occhi. Ora li portava corti e ordinati, in maniera più matura rispetto al giovane scarmigliato che era stato un tempo.

Dato che Bray giaceva sul fianco lungo il corpo di Mal, lei gli passò le dita lungo il braccio e sulla gabbia toracica. Si fermò quando trovò una cicatrice frastagliata che correva lungo la parte inferiore della gabbia toracica e della vita. La pelle sembrava ancora leggermente gonfia e arrossata, ma in generale la cicatrice sembrava vecchia.

"Come è successo?"

"Studiavo veterinaria," rispose assonnato lui. "Una giovenca ha deciso che non gradiva che io le toccassi le mammelle. Soffriva di mastite."

"Ahi."

"Per lei o per me?"

"Per tutti e due."

Bray annuì, poi rotolò nella direzione opposta a lei per mostrarle la schiena.

Una lunga cicatrice oblunga correva fra le scapole dell'uomo, dove sembrava che parte della pelle fosse stata strappata via. La pelle era lucida e corrugata lungo i bordi.

Mal la toccò delicatamente.

"Uno stallone imbizzarrito mi ha morso mentre passavo di fronte al suo box. Ha allungato il muso e *boom*, un pezzo della mia pelle ha preso il volo. E ha rovinato anche una delle mie magliette preferite."

"Stronzo," disse lei.

"Questo è vero. Ma sono stato io a ridere per ultimo quando l'ho castrato."

"Hai tenuto le sue palle come ricordino?"

Bray ridacchiò e rotolò nuovamente verso di lei. "Questa era cattiva."

"Ma lo hai fatto, vero?"

"Sì. Sono in un vaso pieno di formaldeide su uno scaffale del mio ufficio. Come promemoria."

"Promemoria di..."

"Di quanto è facile perdere le cose più preziose."

Negli occhi dell'uomo c'era più saggezza rispetto a un tempo, assieme a una pacata tristezza che lui non aveva mai avuto da giovane. Era sempre stato allegro e pronto ad affrontare il mondo intero.

Qualcuno lo aveva soffocato.

Qualcuno aveva messo le sue palle in un vaso.

Mal avrebbe voluto conoscere la persona che aveva trasformato il suo spensierato Cow-Boy nell'ombra di un uomo.

Capitolo cinque

MAL GIROVAGÒ per il suo piccolo ufficio. Aveva detto che avrebbe voluto fare un po' di pulizia prima che lei lo vedesse, ma gli impegni glielo avevano impedito. Per cui, Mal doveva apprezzarlo così com'era.

Toccò alcune cose mentre girava per la stanza, soffermandosi a osservare i diplomi di laurea sulla parete. Alcune foto di lui e di un ragazzo in diverse fasi della crescita. Forse un nipote o qualcosa di simile. Ma l'immagine più interessante lo raffigurava con un'espressione decisa e impagabile mentre era dentro fino alle spalle nella cavità anale di una vacca. Mal ridacchiò. "Le stavi guardando le tonsille?"

Bray sbuffò. "Sai esattamente cosa stavo facendo. Non ti fingere all'oscuro."

Sfortunatamente, Mal lo sapeva davvero. Crescendo in un allevamento, ci si abituava a un sacco di cose sgradevoli. Soprattutto quando si trattava della nascita dei vitelli. Per non parlare delle innumerevoli volte in cui lei si era trovata colpita da proiettili di deiezioni bovine. Per una vacca, la vendetta definitiva era cagare quando un umano le camminava alle spalle. Presto si imparava a correre ai ripari al minimo movimento di coda.

Bray la avvicinò da dietro, passandole le braccia attorno alla vita e inalando il profumo dei suoi capelli. "Ieri notte è stato..."

Lei appoggiò le mani sopra quelle di lui e si dondolò fra le sue braccia. "Lo so."

Bray fece voltare entrambi verso la sua scrivania e inclinò il mento verso lo scaffale dietro di essa. Fu allora che lei notò il grosso vaso con un enorme paio di attributi dentro. Mal rise. "Dicevi sul serio."

"Certo."

"Accidenti. Ricordami di non farti incazzare."

Lui la strinse a sé, ficcandole il naso nei capelli. "Le tue parti intime mi piacciono così come sono, grazie tante."

"Buono a sapersi."

Bray scese fino al suo orecchio, scostando i capelli per passare la lingua lungo il delicato lobo esterno. Inclinò leggermente la testa e sospirò. Il petto caldo dell'uomo le premeva contro la schiena, le sue mani erano allargate sul suo basso ventre e non c'era il minimo dubbio che fosse eccitato. Chissà se la porta dell'ufficio si chiudeva a chiave.

Troppo tardi, pensò mentre la porta si apriva. Si staccarono e si voltarono entrambi per osservare l'intruso.

L'ultima persona che Mal si sarebbe mai aspettata di vedere entrò nel piccolo ufficio come un tornado.

La cazzo di Kaitlyn Miller.

La Dairy Princess.

"Margie lo aveva detto che eri qui." La sua voce suonava come unghie su una lavagna alle orecchie di Mal.

Ma d'altra parte, Mal non aveva mai amato nulla dell'altra donna.

Bray imprecò sottovoce, ma abbastanza forte perché Mal sentisse. Quella donna non era mai piaciuta molto nemmeno a lui.

"Ho bisogno... Oh!" La donna si fermò bruscamente di fronte alla scrivania di Bray. I braccialetti che indossava tintinnarono mentre si portava le mani ai fianchi e inclinava la testa. Kaitlyn aveva lo stesso aspetto che esibiva alle superiori. Capelli biondi acconciati alla perfezione, viso truccato alla perfezione, abbigliamento perfetto... Perfettamente nauseante.

La cosa più importante per lei era sempre stata attirare l'attenzione di tutti i ragazzi e, a giudicare da come si vestiva ora, la situazione non era cambiata. La camicetta scollata non copriva nulla e lo stesso valeva per i leggings aderenti. Chissà come faceva il sangue ad arrivarle alla passera...

Mal scosse la testa. Era adulta, ora. La cara vecchia Kaitlyn non avrebbe più dovuto farle quell'effetto.

L'altra donna la squadrò da capo a piedi, quindi strinse gli occhi. "Accidenti. Sei l'ultima persona che mi aspettavo di vedere nell'ufficio di mio marito."

Mal ebbe un tuffo al cuore e appoggiò una mano sulla scrivania per reggersi. Il suo cervello girava come una trottola.

"Ex-marito," corresse Bray, il viso segnato da un cipiglio. Si frappose di fronte a Mal. Lei non sapeva se lo stesse facendo per proteggere Mal da Kaitlyn o viceversa.

Quattordici anni e l'odio ancora ardeva fra di loro, impestando l'aria.

Kaitlyn gesticolò con una mano ben curata. "Non importa."

"Cosa vuoi, Kait?" chiese a denti stretti Bray. "Soldi, naturalmente. Ma per cosa, questa volta?"

Kait contrasse le labbra di un rosso acceso e guardò Mal, che a sua volta la fissò da dietro la spalla di Bray.

La nemesi di Mal si mise una mano sul fianco. "Nate vuole un videogioco nuovo."

Nate.

Nathaniel era il nome del padre di Bray. Lo sguardo di Mal corse alle foto di Bray con il ragazzo. Le sue viscere cominciarono a rimescolarsi. Il pensiero che Bray potesse aver avuto un figlio con quella donna le dava la nausea. Soprattutto quando Mal avrebbe tanto voluto avere un figlio e invece aveva subito un aborto spontaneo devastante.

La vita era ingiusta, cazzo. Mal avrebbe voluto farsi largo fra quei due, uscire da quell'ufficio e dalla vita di Bray e continuare a camminare fino a quando il dolore non fosse svanito.

"Se voglio comprare un altro videogioco a Nate, glielo prenderò io stesso. E l'ultima cosa di cui lui ha bisogno è un altro videogioco. Ha bisogno di uscire e andare in bicicletta, sporcarsi o andare a giocare con i suoi amici."

"Non mancherò di dirgli che suo padre non gli vuole abbastanza bene da comprargli il gioco che hanno tutti i suoi amici."

Bray sbuffò. "Fai pure. È quello che fanno tutte le brave madri, no? Rivolgere i figli contro il loro padre. Soprattutto per stronzate meschine come questa."

Kaitlyn fece spallucce, come se di quello che pensava Bray non gliene fregasse un cazzo. La donna girò sui tacchi alti degli stivali e se ne andò come era arrivata: in fretta e furia.

Mal rimase immobile fino a quando non sentì la porta sbattere, lasciando lei e Bray in silenzio.

MAL GLI GIRÒ ATTORNO, con gli occhi spalancati e pallida in viso. "È lei quella che hai sposato?"

Bray comprendeva il suo stupore. Fra le due donne non era mai corso buon sangue alle superiori. Anzi, erano l'una l'opposto dell'altra e in forte competizione. Allora perché, se Bray amava Mal, aveva sposato una persona completamente diversa da lei?

Bella domanda. E lui ricordò a se stesso qual era il motivo. Per la milionesima volta. "Mi dispiace."

Le sopracciglia di Mal spiccarono un balzo. "Ti dispiace? Bray, io non capisco. Non..." Esalò un respiro lungo e rumoroso. "Devo andare. Devo uscire da qui."

Girò su se stessa e, quando afferrò la maniglia, Bray la rincorse, mettendo una mano sopra la sua e allontanandola gentilmente dalla porta.

"Non andartene. Ti prego," implorò. "Non ancora, almeno."

Lei si voltò a fronteggiarlo. Il dolore e il disappunto erano evidenti nel suo sguardo, nella sua espressione. "Non capisco. Ma tu non mi devi nessuna spiegazione. È la tua vita. Spetta a te decidere cosa farne."

Ciononostante, lui avrebbe voluto spiegarle tutto. Da quando il padre di Mal era morto e lui aveva saputo che lei sarebbe tornata in città, aveva atteso con terrore il momento in cui avrebbe scoperto del suo matrimonio. Non si era aspettato una reazione diversa. Tranne per la possibilità che lei lo mandasse in bianco. Abbassò lo sguardo sulle mani della donna, che erano strette a pugno, e si rese conto che forse non era ancora fuori pericolo.

Non tutto, nella sua vita, era andato come previsto; lui aveva commesso molti errori. Ma, accidenti, non voleva che Mal fosse uno di quelli. Non voleva perderla due volte. "Vorresti vedere dove vivo?"

La donna camminò in cerchio nella stanzetta come un animale in gabbia. "Stai cercando di evitare la discussione?"

"No."

"Cazzo, Bray. Quella era l'ultima persona che mi sarei aspettata."

"Lo so," mormorò lui.

Mal si fermò e lo trafisse con un'occhiataccia. "Cosa ti passava per la testa?"

"Niente."

Mal levò le mani al cielo e sospirò. "Questo è evidente."

"Vuoi salire nel mio loft?"

"Salire?"

"È qui sopra."

Kait lo aveva preso in giro perché si era trasferito nello spazio vuoto sopra la sua clinica; ciò le aveva dato un'altra scusa per dargli del fallito. Ma la situazione funzionava bene per lui e non gli dispiaceva. E dubitava che Mal avrebbe guardato alla sua situazione abitativa con gli stessi occhi di Kait.

La confusione le attraversò il viso. "Non vivi alla fattoria?"

"Per favore. Vieni su. Ti spiegherò tutto. Ti dirò tutto quello che vorrai sapere." Le rivolse un'occhiata implorante, sperando che essa la raddolcisse quanto bastava per dargli la possibilità di spiegarsi.

"Di nuovo, Bray: non mi devi nulla."

"Ma voglio farlo." Bray le tese la mano. "Per favore."

Quando lei intrecciò le dita alle sue, un senso di sollievo lo travolse.

"Vieni," la invitò, aprendo la porta dell'ufficio e conducendola sul retro della clinica. Tirò fuori una chiave dalla tasca e sbloccò la porta delle scale che portavano alla sua residenza.

Mal lo seguì silenziosamente e, quando raggiunsero l'ultimo gradino, lui la lasciò andare. La donna raggiunse il centro del piccolo loft aperto e si voltò lentamente, osservando l'ambiente. Bray vide la sua casa con occhi nuovi. Non era molto: solo un open space con un letto a due piazze, un cucinino aperto con accanto un tavolo ammaccato a due posti, un angolo per il televisore, un divano fuori moda e la sua poltrona preferita. L'unica zona chiusa era il semplice bagno. L'arredo era spartano. Qualche tappetino sopra un parquet color miele da pochi soldi e qualche foto di lui e Nate sparsa qua e là. La maggior parte dei mobili proveniva dalla fattoria dei suoi genitori.

"Non me lo sarei mai sognato," mormorò Mal.

"Non ho avuto scelta." Bray cercò di trattenere l'amarezza e la delusione dalla voce. Ma era difficile.

Lo sguardo di Mal si posò su di lui. "In che senso?"

"Vuoi bere qualcosa?"

La donna inarcò un sopracciglio. "Hai spazio per l'alcol in questo posto?"

"Ho della birra in frigo, della Coca e una bottiglia di whiskey. Il minimo necessario."

"Che ne dici di una bella dose di whiskey con un goccio di Coca?"

Era proprio quello di cui aveva bisogno anche Bray.

Dopo aver annuito, riesumò il whiskey da uno degli armadietti della cucina, poi prese due bicchieri e una lattina di Coca dal frigorifero. Preparò da bere anche per sé. Portò i bicchieri in "salotto" e si fermò di fronte al divano. "Vieni a sederti," invitò.

Quando Mal si avvicinò, lui le offrì uno dei bicchieri. La donna bevve un sorso e tossì.

Bray non riuscì a non ridere di fronte alla smorfia della donna mentre faticava ad affrontare la bevanda. "Troppo forte?" chiese, pur sapendo che, anche se così fosse stato, lei non lo avrebbe mai ammesso.

I begli occhi marrone scuro di Mal si erano leggermente inumiditi dopo l'attacco di tosse. "No. Credo che sia giusto per quello che sto per sentire."

"Può darsi che tu abbia ragione." Porca miseria, Bray non dubitava che lei avesse ragione. Si preparò a metterla in pari con tutto quello che era accaduto negli ultimi quattordici anni. D'accordo, forse non proprio tutto. La versione essenziale, ecco.

La donna si sedette sul divano e bevve un altro timido sorso dal bicchiere. Invece di imitarla, Bray si recò al tavolo e prese una sedia di legno, mettendola di fronte a lei. Abbastanza vicino da far sì che, quando lui si sedette, le ginocchia della donna fossero fra le sue. Aveva bisogno di averla di fronte, di osservare la sua espressione mentre si apriva.

Trasse un respiro profondo per cominciare, ma lei lo interruppe.

"Che differenza rispetto alla casa in cui sei cresciuto."

Sì, era proprio vero. "A volte, cambiare fa bene." Anche se, nel profondo del suo cuore, non era sicuro di crederci nemmeno lui.

"Tu dici?"

"Sottolineo *a volte*."

Mal si appoggiò al divano, il gomito del braccio con cui reggeva il bicchiere appoggiato all'altro braccio, incrociato sotto i seni. "D'accordo, sono pronta. Vai pure... Oppure è meglio che sia io a fare delle domande?"

Bray scosse la testa. "Lascia che cominci io, ma interrompimi pure. Sarà un discorso breve, ma intenso. Anche se non so esattamente da dove dovrei cominciare..."

"Dall'inizio."

Giusto. Allora... "La mia vita è finita quando tuo padre ti ha mandata via, Mal. Ero distrutto."

"Anch'io," bisbigliò lei, intristendosi. "Ma la tua vita non è finita, Bray. È un po' un'esagerazione, non credi?"

"A diciott'anni, mi è sembrata la fine del mondo. Tu eri l'amore della mia vita. Pensavo che saremmo rimasti insieme per sempre. E poi, all'improvviso, tu non c'eri più. Tuo padre non voleva dirmi dove eri andata, anche se io l'ho pregato a lungo. Non ha risposto a nessuna delle mie domande. Pensava che sarei diventato un allevatore come lui. E lo sai quanto impegno ha profuso per mandarti via da qui e lontano da quella vita. Ciononostante, speravo che mi avresti contattato, dato che sapevi dove trovarmi. Ma non lo hai fatto..."

Bray non voleva farla sentire in colpa, ma riportare quei ricordi in superficie gli ricordava anche il dolore della scomparsa di Mal e del fatto che non aveva più avuto sue notizie.

Mal deglutì faticosamente.

"Mi dispiace. Avrei dovuto sforzarmi di più. Papà mi aveva dato la possibilità di studiare e mi aveva detto che, se ti avessi mai ricontattato, non mi avrebbe pagato l'università. Porca miseria, non avevo nemmeno il permesso di tornare a casa a trovarlo! E l'ultima cosa che volevo era rimanere una stupida campagnola per il resto della mia vita o vedere la delusione nei suoi occhi. Sapevo che al mondo c'era altro che sagre di campagna, merda di vacca e principesse e principi dei latticini. Gli avevo promesso che avrei rinunciato a te. E l'ho fatto. Mi ha ucciso, Cow-Boy. Lo giuro."

Bray chiuse gli occhi, immaginando l'ultima mattina in cui il padre di Mal lo aveva cacciato. Un momento che aveva rivissuto molte volte.

Continuò a parlare, senza incrociare lo sguardo della donna mentre le parole si riversavano da lui. Non voleva vedere la sofferenza, il biasimo o qualunque altro sentimento lei potesse provare mentre le raccontava il resto. Era in imbarazzo ad ammettere di essere andato a letto con Kaitlyn sulla spinta del dolore e della rabbia. Sempre in competizione con Mal per le sue attenzioni, Kait lo aveva inseguito costantemente, fino a quando non lo aveva preso per sfinimento.

"Pensavo che volesse solo segnare una tacca sulla cintura. Non avevo idea del motivo per cui era tanto interessata a me." Lui non era nulla di speciale e la sua famiglia non era certo ricca. La loro fattoria non era nemmeno lontanamente grande o proficua come quella del padre di Mal.

"Quel paio di volte in cui sono andato a letto con Kaitlyn, lei mi aveva trovato sbronzo vicino al fuoco o durante una festa. Non che questo sia una giustificazione." Bray si trascinò una mano fra i capelli e cambiò posizione. "Quando ero sobrio al cento per cento, non volevo avere nulla a che fare con lei. E questo la faceva arrabbiare. Kait non capiva perché non tutti gli uomini del circondario volessero andare con lei. Soprattutto me.

"Il giorno in cui si è presentata a casa dei miei genitori

dichiarando di essere incinta è stato il giorno peggiore della mia vita. I miei erano arrabbiati. I suoi erano furiosi. Kait era l'unica contenta della situazione."

Il che lo aveva insospettito. Bray aveva usato dei profilattici quel paio di volte in cui era andato a letto con lei, per cui la cosa non aveva senso. Dopo la nascita di Nate, Bray aveva fatto di nascosto un test del DNA per assicurarsi che il bambino fosse suo. Ed era così, senza ombra di dubbio. I casi erano due: o Bray era stato raggirato o il preservativo non aveva funzionato. Ma quella delusione era divenuta la prima di una lunga serie.

"Ho sposato Kait. Ho dovuto farlo. Il dovere e le pressioni da parte di entrambe le nostre famiglie mi avevano dato la sensazione di non avere scelta. E naturalmente, come per la maggior parte dei matrimoni forzati, il tutto è finito in disastro. Non che ci sia da stupirsene: nulla era abbastanza per lei." Bray non guadagnava abbastanza. *Delusione.* Non poteva permettersi di farle regali costosi. *Delusione.* Riuscivano a stento a far quadrare i conti mentre lui andava all'università e a scuola di veterinaria, oltre a dover mantenere il suo giovane figlio. *Delusione.* Bray faceva il pendolare e poi lavorava alla fattoria di sera, per cui non aveva mai tempo per lei. *Delusione.* Erano stati costretti a vivere con i genitori di lui perché Bray non aveva un soldo a suo nome. *Delusione.* I suoi genitori li avevano aiutati al meglio delle loro possibilità, perché lui era un fallito totale.

"Mio figlio è l'unica cosa buona che sia derivata dal nostro matrimonio." Quando Nate aveva due anni, Bray era andato via di casa e poi, finalmente, lui e Kait avevano divorziato. E dopo la firma dei documenti, Kait aveva ammesso di averlo tradito nel tentativo di agguantare un marito migliore, uno che non fosse un povero veterinario di campagna.

"Lei non sopportava che io aiutassi gratuitamente gli allevatori che non potevano permettersi le mie prestazioni professionali. O che accettassi pagamenti in natura. Anche se non ci mancavano mai uova da allevamento a terra, carne e gente che desse una mano nei restauri e sul lavoro, non bastava mai. Mai. Ho cominciato a sentirmi soffocare, Mal." Si era riempito di debiti: prestiti studenteschi, assegno di mantenimento e spese professionali.

"È per questo che vivo sopra la clinica. Ho venduto la fattoria di famiglia per aprirla e ho diviso il ricavato con i miei fratelli, che non vedevano l'ora di andarsene. Alla fine, mi sono ritrovato con un gruzzolo piccolo, ma sufficiente per cominciare, e da lì la mia attività è cresciuta. Tutti i casi che non riesco a gestire passano al collegio veterinario locale dove ho studiato."

Bray smise di parlare e sollevò lo sguardo dal punto che aveva fissato fino a quel momento. Si rese conto che il bicchiere di Mal era ora vuoto sul pavimento accanto a lei. La donna era seduta con le dita premute fortemente contro le labbra, come se fosse sconvolta dal suo racconto o faticasse a non interromperlo. L'unica parte del corpo che muoveva mentre lo osservava erano le palpebre.

"E così, eccomi qui. Questa è la mia vita. Non ho molto da offrire, dato che, come dice la mia adorabile ex-moglie, non sono mai stato altro che una delusione."

"'Fanculo." Le parole erano basse e ringhianti. "Fanculo quella stronza di una Dairy Princess."

Forse il drink era *un po'* troppo carico. "È comunque la madre di mio figlio."

"Fatti assegnare l'affidamento."

Sembrava facile, detta così, ma non lo era. "Mi piacerebbe. Ma al momento, non ho nemmeno gli occhi per piangere. Non ho spazio per lui e i giudici, da queste parti, tendono a lasciare i bambini con le loro madri. A meno che le madri non facciamo qualcosa di spaventoso."

"Mi dispiace." Mal aveva un'aria sconfitta, anche se quella non era la sua battaglia.

Bray le prese le mani e ne baciò le nocche.

"Tu non sei una delusione, Cow-Boy. Assolutamente. No. Guarda quanta strada hai fatto. Certo, magari il tragitto è stato un po' accidentato, ma sei diventato qualcuno. Porca miseria, quanta gente può dire di essere riuscita a diventare medico?"

"Veterinario," la corresse lui.

"È uguale."

"Non proprio."

"E sei ancora un gran figo. Lamentati."

Bray fece spallucce e le rivolse un sorriso accecante. Di quello non poteva lamentarsi.

"Non sei un senzatetto. Non muori di fame. La gente ha bisogno di te e tu non la deludi. E hai un figlio di... di..."

"Tredici anni."

"*Tredici anni.*" Mal esitò e sfilò le mani dalla presa di Bray. "Cazzo. Un cazzo di adolescente. Come è successo?"

"Ti ho già spiegato—"

"No. No. Lo so. Sto solo pensando che quei quattordici anni sono passati in un lampo."

Quattordici anni erano davvero passati in un lampo nelle loro vite. E se Bray avesse avuto voce in capitolo, loro avrebbero trascorso il resto dell'eternità insieme. Sempre che lei lo volesse. Ancora una volta, ricordò a se stesso, lui non aveva molto da offrire.

Ma poteva offrirle ancora da bere. Le mostrò il bicchiere vuoto.

Mal annuì. "Questa volta, mettici più Coca."

Sorridendo, Bray portò entrambi i bicchieri in cucina. Preparò una bevanda allungata anche per sé, in modo da rimanere lucido nel caso tutto andasse secondo i piani.

Con i due drink in mano, Bray tornò a mettersi di fronte a Mal. Lei gli prese il bicchiere di mano e deglutì una generosa sorsata.

Bisognoso di toccarla, di abbracciarla, Bray si sedette accanto a lei sul vecchio divano con quel brutto motivo da anni Settanta. Il suo appartamento e i suoi mobili erano imbarazzanti. Ma lui aveva deciso di portarla lì comunque, per essere completamente onesto con lei riguardo alla sua situazione. Bray riusciva a stento a tirare avanti. Stando a quanto aveva appreso, Maleen era diventata un'agente di borsa di successo a New York City. Lui non poteva competere con uomini ricchi e di successo che indossavano completi costosi, bevevano Johnny Walker Blue, guidavano eleganti auto sportive e possedevano case vacanza sul mare.

Bray aveva solo se stesso da offrire.

Le posò una mano sul ginocchio e strinse. In quel momento, non desiderava altro che sollevarla, buttarla sul letto e farla venire ripetutamente fino all'alba. Concedersi completamente a lei.

Dopo aver svuotato il bicchiere, si protese verso quello di Mal e lo posò a terra. Le fece scivolare la mano lungo la mascella e fra i capelli, incoraggiandola ad avvicinarsi. Lei non si oppose e la sua bocca si schiuse leggermente; il suo alito sapeva di Coca e whiskey.

Leccandole il labbro inferiore, Bray assaporò la dolcezza prima di succhiarlo fra i denti, mordicchiando delicatamente e, con un ultimo morso dedicato, sigillò le loro bocche, approfondendo il bacio.

La notte prima, lui avrebbe semplicemente voluto abbracciarla, ma lei aveva voluto di più. Quella sera, era lui a chiedere di più. Voleva tutto.

"Ho bisogno di starti dentro, Principessa," mormorò contro le sue labbra succulente. "Ho bisogno di far parte di te."

Lei gemette e il suono gli fece gonfiare il membro. "Sì," bisbigliò Mal. "Sì. Ti voglio anch'io."

La sua erezione gli premette con impazienza contro i jeans, pronta ad affondare ancora una volta nel calore umido di Mal. Ma quello era più del sesso. Più di una scopata. Lui voleva fare l'amore con lei, avvertire il legame che c'era stato fra di loro la sera prima. Cavolo, quattordici anni prima.

"Cow-Boy..."

"Sì?"

"Portami a letto," fu la risposta roca di Mal.

Non dovette chiederglielo due volte. Bray si alzò, la prese fra le braccia e poi se la buttò in spalla. Lei lanciò un gridolino e rise mentre lui la trascinava attraverso la stanza, dove la buttò sul letto. Mal atterrò al centro perfetto del materasso, rimbalzando un paio di volte prima di stiracchiarsi con fare sexy di fronte a lui.

"È molto più morbido di un mucchio di fieno o del pavimento."

"Solo il meglio per te, Principessa," scherzò lui.

Mal rise di gusto, una risata che lo eccitò da capo a piedi. Lui si strappò i vestiti di dosso e, qualche istante dopo, era in piedi in fondo al letto, nudo come il giorno in cui era nato.

"Dove hai lasciato il cappello, Cow-Boy?"

Bray sollevò un dito per chiederle di aspettare e prese un vecchio e consunto cappello da cowboy dall'unico armadio della casa. Era quello che indossava una volta. Se lo sbatté contro la coscia nuda e poi se lo mise in testa, inclinandolo in avanti mentre tornava a grandi passi al letto.

"Ecco il mio Cow-Boy," bisbigliò Mal. Si sedette e si sfilò il maglione da sopra la testa. Lo lanciò contro Bray e gli atterrò ai piedi.

Con un sospiro sensuale, lui si chinò in fondo al letto per sfilarle i vecchi stivali da cowboy e poi la guardò sollevare il bacino e spingere i leggings lungo le cosce. Bray afferrò il fondo delle gambe dei pantaloni per aiutarla a liberarsi del denim incriminato. E poi Mal giacque in reggiseno e mutandine di pizzo rosso sangue. I colori si abbinavano perfettamente al castano scuro dei suoi capelli e alla pelle leggermente abbronzata. Bray avrebbe potuto fissarla per sempre. Ma il suo membro non era d'accordo.

Lo circondò con la mano mentre passava lo sguardo sul corpo di Mal. Dai capelli lunghi sparsi come una nube attorno alla testa, alla delicata lunghezza del collo, la curva delle spalle, il rigonfiamento dei seni che sporgevano dal reggiseno, la morbida rotondità del ventre, alla stretta vita che si allargava in cui fianchi floridi. Le sue gambe erano lunghe e snelle, come quelle di un'atleta.

"Guardi e non tocchi, Cow-Boy?"

"Nossignora," gemette lui con accento marcato. Si arrampicò all'estremità del letto e si mise in ginocchio per muoversi lungo il corpo di lei fino a quando non fu a cavalcioni delle sue cosce.

"Salva un cavallo. Cavalca un cowboy," disse Mal con un sorriso.

Bray accentuò la sua cadenza dialettale. Si portò un

dito all'orlo del cappello e inclinò la testa. "Sarò felice di accontentarti, Principessa."

Le abbassò le coppe del reggiseno, lasciando che la carne morbida e liscia si riversasse fuori. Fischiò sommessamente nell'osservare tutta la fluidità di Mal prima di prendere un capezzolo rosa in bocca e succhiarlo, assaporando il gusto e la consistenza della pelle. Torcendo l'altro capezzolo fra pollice e indice, lo pizzicò forte, facendola sussultare.

"Così, tesoro. Fammi sentire." Bray lavorò con bocca e dita fino a quando lei non inarcò la schiena via dal letto e lanciò un urlo. "Non hai idea di che effetto mi fai." Il suo membro dolorosamente duro ebbe un guizzo lungo la sua coscia di Mal.

Prima che lui potesse esprimere il desiderio, lei glielo prese in mano, accarezzandolo dall'alto verso il basso, spargendo la goccia sulla punta setosa con il pollice. I testicoli di Bray si contrassero e lui affondò nella mano di Mal. Solo un pochino.

La mordicchiò lungo le curve dei seni prima di allungare una mano per slacciarle il reggiseno. Con il suo aiuto, glielo tolse, ricavandone una visione dei seni pieni fra cui avrebbe voluto soffocare.

Cazzo. Lo fece, tuffando il viso fra i morbidi globi. Si sfregò contro di lei, mormorando tutto ciò che voleva farle contro la pelle accaldata.

Lei rispose con una serie di *sì*, *aah* e *mmh*. Musica per le orecchie di Bray. Mal si aprì a lui. Lui lavorò di lingua, labbra e denti sul suo ventre, su ciascun fianco. I movimenti lo allontanarono dal palmo della donna, per cui lui si infilò fra le sue cosce calde, trovando con le dita la sommità delle mutandine.

Voleva che sparissero. E voleva che sparissero *subito*.

Le abbassò con un gesto brusco, non mancando di notare quanto erano fradice. Il sospiro lo incoraggiò ancora di più a togliergliele immediatamente. Dopo un paio di agili mosse, le mutandine presero il volo. Bray si mise i piedi di Mal sulle spalle e spinse fino a quando lei non ebbe le ginocchia piegate e premute contro il proprio petto.

Bray si fermò ad apprezzare ciò che gli veniva offerto, la bellezza che aveva di fronte. Le pieghe piene della donna erano arrossate, il suo centro bagnato. L'odore della sua eccitazione gli colmò le narici e lui emise un verso strozzato. La allargò con le dita e poi, incapace di trattenersi ancora, assaggiò. Dolce, deliziosa, setosa. Bray passò la lingua fra le sue pieghe per poi, finalmente, soffermarsi sul clitoride. Succhiò duramente il bottoncino sensibile, infilando le due dita dentro, curvandole, cercando il punto nascosto. E quando lo trovò, la accarezzò fino a farla impazzire, finché il bacino di lei non sussultò contro il letto, contro la sua bocca. Mal lanciò un grido, affondandogli le dita nei capelli, lanciando via il cappello da cowboy. Gli strattonò i capelli, il cuoio capelluto, chiedendo a gran voce pietà. Senza toglierne nessuna, lui la scopò più forte con le dita lubrificate, le succhiò energicamente il clitoride gonfio con la bocca. Fu spietato. Scavò a fondo, rifiutandosi di fermarsi prima che lei venisse. Mal si dimenò contro di lui, strattonandogli dolorosamente i capelli.

Poi, il corpo di Mal si irrigidì. Le dita dei suoi piedi si arricciarono contro le spalle di Bray. Il suo bacino scattò verso l'alto, spostandolo, e lei gridò. Si immobilizzò, ansimando, con le palpebre serrate. E dopo un attimo riportò il bacino sul materasso, lasciò quello che restava dei capelli di lui e aprì gli occhi, fissando il soffitto.

Lui si passò il dorso della mano sulla bocca e gattonò fino a quando non poté guardarla in faccia. Le labbra di Bray si allargarono piano in un sorriso.

Mal si schiarì rocamente la gola, gli occhi ancora fuori fuoco. "Non ricordo che tu fossi così bravo quando avevamo diciott'anni."

"Sì che lo ero, tesoro. È solo che non te lo ricordi."

"Non credo che potrei dimenticarmi una cosa del genere."

"Se lo dici tu."

"Sta' zitto e rimettiti il cappello."

Bray si chinò dal letto e raccolse il cappello da terra. Se lo mise di nuovo sulla testa, la tesa inclinata leggermente in avanti, quanto bastava per schermargli gli occhi. Le rivolse un sorriso malizioso. "Così?"

"Oh, sì," bisbigliò Mal. "Ora scopami, Cow-Boy."

Con uno sbuffo, Bray si infilò nuovamente fra le cosce della donna, il membro che premeva contro le sue pieghe morbide e piene.

"Non dimentichi qualcosa?" chiese lei, fermandosi.

Bray sibilò a denti stretti. Già. *Quello.* Accigliandosi, infilò una mano nel cassetto del vecchio comodino malridotto e ne tirò fuori un preservativo. Accidenti. Era la cosa giusta, lo sapeva, ma lui avrebbe tanto voluto sentire Mal direttamente. Ma nella situazione in cui si trovava, non poteva rischiare di concepire un altro figlio. Non poteva permetterselo, pensò con una smorfia. Strappato l'involucro con i denti, si infilò velocemente il lattice prima di tornare dov'era prima e premere ancora una volta contro di lei con un sospiro.

Trasse un respiro tremante e poi un altro prima di entrare nel delizioso e accogliente calore di Mal. I muscoli interni di lei lo afferrarono come un pugno bagnato, strizzandolo forte, attirandolo in profondità. Strinse i denti nel tentativo di non perdere il controllo, perché voleva durare più della sera prima; voleva prolungare il piacere il più possibile.

Forse non ci sarebbe riuscito.

Un gemito gli sfuggì quando fu dentro completamente, fino alle palle. Si fermò... per un secondo. Perché era tutto quello di cui aveva bisogno. Solo un breve istante. Ma lei cominciò a muovere con impazienza il bacino. Bray avrebbe voluto dirle di fermarsi, di aspettare. Ma lei aveva gli occhi chiusi, la testa piegata all'indietro, il viso arrossato.

"Bray, sto per venire."

Accipicchia. Lui non si era ancora mosso e lei era già sul punto di godere.

Il bacino di Mal si mosse più velocemente contro di lui, sfregando, affondando, e lui dovette serrare le palpebre e pensare ad altro. Distrarsi. Come... Come...

Vaffanculo. Si mosse con lei e, nel giro di qualche istante, lei lanciò un urlo, il bacino che martellava contro di lui, l'orgasmo che lo stringeva e lo rilasciava. Ripetutamente.

Cristo santissimo. Facendo tutto il possibile per trattenersi, Bray affondò le dita nella trapunta che copriva il letto. Lanciò a sua volta un urlo e le andò incontro affondo dopo affondo, lasciandosi andare. E lei venne di nuovo, esplodendo internamente, diventando sempre più umida e calda. Era come il paradiso avvolto attorno all'uccello.

Le sue unghie gli graffiarono la pelle del sedere e lei gridò: "Voglio venire ancora."

Porca miseria, non chiedeva molto. Solo un uomo d'acciaio.

"Ancora!"

Lui grugnì, la afferrò per i fianchi e la sollevò, cambiando l'angolazione. Uno strato di sudore lo coprì; aveva i capelli fradici sotto il cappello di paglia. "Cazzo, tesoro. Sto per venire. Vieni con me."

"Sì. Sì. Sì," gemette lei. Poi si irrigidì sotto di lui, sporgendogli i seni verso il petto, sfiorandogli la pelle calda e umida con i capezzoli duri come diamanti.

Fine. Con un ultimo grugnito, Bray gridò il nome di Mal e venne nelle sue profondità, il membro che pulsava. Un attimo dopo, crollò sfiancato accanto a lei, respirando affannosamente. Si asciugò il sudore imperlato sul viso. "Peccato. Non è durata quanto avrei voluto."

"Ti lamenti?"

"Certo che no. Purché non lo faccia tu. Sarai la mia morte. Mi salterà qualcosa, prima o poi."

Il corpo di Mal fremette lungo il suo fianco mentre lei rideva sommessamente. "Oh, la prossima volta durerà più a lungo."

Lui rotolò sul fianco, inarcò un sopracciglio e abbassò lo sguardo sul volto di lei. "Quanto presto è la prossima volta?"

Mal sollevò la testa per guardare l'orologio sulla parete vicino alla "cucina." "Ti concedo quindici minuti. Abbiamo molto tempo da recuperare."

Bray si lasciò ricadere sulla schiena e fischiò sommessamente. "Quindici minuti. *Cazzo.*"

Mal gli diede un colpetto sulla coscia. "Puoi farcela, Cow-Boy. Ho fiducia in te."

"Almeno qualcuno ne ha. Questa volta devo mettere anche gli speroni?"

La luce della sua vita ridacchiò fino a quando non si rese conto che lui diceva sul serio. Poi spalancò gli occhi.

Capitolo sei

Mal si svegliò con la mente annebbiata e la lingua gonfia, nuda come un verme nel letto di Bray. Un vero letto. Con un materasso, delle lenzuola e persino dei cuscini! C'era una prima volta per tutto.

Gemette e si rotolò, andando a sbattere contro un muro di mattoni. Un caldo e solido muro di muscoli. Bray aveva un braccio sopra la testa e l'altro... Lei sollevò il lenzuolo spiegazzato e sbirciò. Sì, la mano dell'uomo stringeva la sua erezione mattutina. Bray russava delicatamente e il suo volto aveva un'espressione rilassata e spensierata. Come quando erano giovani.

Qualche anno dopo la partenza, Mal aveva cominciato a pensare alla loro relazione come una semplice cotta da studenti. La distanza e il tempo tendevano a fare quell'effetto. Ma stare avvolta fra le sue braccia l'altra notte aveva rivelato altrimenti. Beh, non solo stare fra le sue braccia, ma anche sopra e sotto di lui. Esibirsi in alcune delle classiche posture da rodeo, come la cavallerizza inversa e cose del genere. Al ricordo, il cuore le balzò nel petto.

Gemette per l'indolenzimento che aveva fra le gambe, per la rigidità muscolare. Dovette ricordare a se stessa che non avevano più diciott'anni e che tutta quell'attività fisica aveva delle conseguenze.

Mal osservò il volto spensierato di Bray mentre questi dormiva. Oltre alle cicatrici e alle rughe attorno agli occhi, c'erano altre differenze. Non solo all'esterno, ma anche all'interno.

Ripensò a quello che l'uomo le aveva detto l'altra notte, mentre lei era seduta sul divano, e si masticava il labbro inferiore. Il senso di colpa le bruciava dentro. Avrebbe dovuto opporsi alle imposizioni di suo padre, alle condizioni da lui poste, e forse, solo forse, la vita di entrambi sarebbe stata diversa.

Probabilmente si sarebbero sposati e avrebbero vissuto felici in una casa piena di bambini.

O forse quelle deviazioni erano state necessarie a entrambi per apprezzare quello che avevano avuto e che ora potevano riconquistare.

Forse, solo forse.

Con i "se" e i "forse" non si va da nessuna parte.

Gli levò una ciocca di capelli dalla fronte. Il suo Cow-Boy. Quel soprannome che lei gli aveva dato non c'entrava nulla con i mandriani. Oh, no. Invece, si riferiva a un bracciante che si occupava di vacche da latte. Era cominciato tutto come un modo per prenderlo in giro, ma alla fine a lui era piaciuto essere chiamato così. Per cui, il nome era rimasto.

L'uomo aprì gli occhi e un sorriso caloroso si allargò lentamente sul suo volto. Chi avrebbe pensato che qualcosa di semplice come un sorriso le avrebbe sciolto il cuore?

"Ti reggi la frusta, Cow-Boy?"

Bray parve confuso per un secondo, poi si rese conto di dove aveva la mano e rise. "Sì. Ho proprio bisogno di andare in bagno, ma ora è impossibile."

"La mattina fa questo effetto."

"Non solo la mattina, ma anche tu," corresse Bray.

"Ti bacerei, ma credo di aver leccato il pavimento ieri sera. O almeno, l'impressione è quella."

Bray fletté e allungò i muscoli mentre si stiracchiava e sbadigliava. "Mmh. Una bocca zozza. Potrebbe anche essere eccitante."

"Non è zozza come piacerebbe a te, bello mio," disse Mal, spingendosi fino a essere seduta. Le doleva la testa. "Hai uno spazzolino in più in quel bagnetto?"

"Ne dubito. Puoi usare il mio."

Mal esitò, poi guardò Bray per verificare se dicesse sul serio. Sì. Arricciò il naso. "Ehm, preferirei del collutorio."

"Quello ce l'ho."

"Aspirina?"

"Anche. O preferisci bere un altro goccetto?"

"Passo." Mal si spostò sul bordo del letto e fece scivolare le gambe. Non beveva da molto. Ciononostante, non si era aspettata che il whiskey le facesse quell'effetto. Probabilmente, il fatto di aver fatto attività fisica non era d'aiuto. Si guardò alle spalle. "Quante volte sono venuta ieri notte?"

Bray sorrise. "Non ne ho idea. Credo di essere svenuto a metà della nottata e che tu abbia continuato a cavalcarmi come se fossimo a un rodeo."

"Ah. A proposito, abbiamo usato sempre il preservativo, vero?"

"Credo di sì. Vuoi che li conti?"

Mal guardò nella direzione da lui indicata. Dal lato

del letto di Bray, il pavimento era coperto di preservativi usati.

"Ma che schifo! Non potevi buttarli?"

"La pattumiera era troppo lontana e tu sei una donna esigente."

Lei rise e scosse la testa.

"Vai a sciacquarti quella bocca puzzolente e prendi due o tre aspirine. Io ripuliscono il cimitero dei preservativi."

"Siamo d'accordo." Mal afferrò la camicia di flanella di Bray, che penzolava da una pianta vicina, e se la infilò.

"Preparerò anche la colazione. Un po' di bacon nello stomaco ti aiuterà."

Bacon e uova suonava allettante. Nonostante la sbornia, Mal stava morendo di fame. Allacciò un paio di bottoni sulla camicia troppo larga di Bray e si recò nel minuscolo bagno. Trovò l'aspirina nell'armadietto dei medicinali sopra il lavandino. Afferrò la bottiglia di collutorio che si trovava sulla cassetta del water e si versò in bocca una dose abbondante, sciacquandosi la bocca. Ah, che freschezza. Aveva davvero bisogno di una doccia, ma quella avrebbe dovuto aspettare. Dopo aver fatto colazione, aveva intenzione di andare a casa per controllare le vacche e i braccianti.

Inclinò la testa e tese le orecchie. Bray stava canticchiando in cucina. Mal aprì la porta, ma rimase in bagno. La voce dell'uomo aveva un suono ricco e profondo e, sebbene l'uomo non conoscesse tutte le parole di *Remember When* di Alan Jackson, ne sapeva abbastanza. Mal si appoggiò allo stipite della porta, asciugandosi le lacrime traditrici. I versi erano così adatti alla loro situazione che udire Bray che li canticchiava le spezzò il cuore.

Il canto dell'uomo si arrestò all'improvviso e il silenzio

colmò il loft. Mal uscì dalla soglia e vide Bray con le mani appoggiate al bordo del piano, la testa ciondolante.

Non era solo il cuore di lei a essersi spezzato.

Non appena l'uomo la sentì, tornò silenziosamente a girare il bacon nella padella.

Mal lo raggiunse alle spalle, gli circondò la vita con le braccia e gli appoggiò la guancia contro la schiena. "Hai una voce bellissima."

Lui annuì, ma non disse nulla.

"Come si prospetta la tua giornata?" chiese a bassa voce lei, continuando a stringerlo forte.

"Stracolma di appuntamenti. Ma basta una chiamata di emergenza per incasinare tutto. E la tua?"

"Comincerò a disfare i bagagli e a sistemare la casa. Controllerò le vacche. Non lo so. Cose del genere. Devo chiamare l'impresario di pompe funebri per sapere quando saranno pronte le ceneri di papà."

"Cosa hai intenzione di farne?"

Lei si strinse leggermente nelle spalle. "Spargerle sulla fattoria."

Lui annuì e si allontanò dal suo abbraccio, voltandosi verso di lei. "Ha senso."

"Ci sarai?" chiese Mal.

"Quando le spargerai? Certo, se è importante per te."

"Lo è."

La bocca di Bray si strinse in una linea cupa mentre lui frugava nell'armadietto sulla sinistra dei fornelli e tirava fuori due piatti spaiati. Divise le uova, il bacon e il pane tostato e portò i piatti in tavola. Lei lo seguì, prendendo una delle sedie dal vecchio set della cucina.

"Caffè?" chiese l'uomo.

"Certo."

Mal non ricordava che un uomo le avesse mai preparato la colazione, con l'eccezione di suo padre. Quando era morta la mamma, era rimasto solo lui a prendersi cura della sua unica figlia. Mal ricordava a stento la sua mamma. In tutti quegli anni, suo padre non si era mai risposato e, se mai aveva frequentato una donna, aveva badato a tenere nascosta la cosa. Mal non dubitava che la mamma fosse stata tutto per lui.

Bray mise in tavola due grandi tazze di caffè fumante. Lei avvolse le mani attorno alla tazza di ceramica, un gadget della banca locale, e inalò la caffeina direttamente nel cervello pulsante. Bray portò in tavola un contenitore di Half-and-Half[1] e una piccola zuccheriera con il bordo sbeccato. Mal versò due grandi cucchiaiate di zucchero nel caffè e aggiunse la panna fino a quando il caffè non passò dal nero al marrone chiaro.

Bray diede un'occhiata alla sua tazza e disse: "Quello non è più caffè, Principessa."

Lei fece spallucce e morse l'estremità di un pezzo di bacon. La striscia di maiale salato e unto aveva un gusto paradisiaco e la fece sentire meglio quando le arrivò nello stomaco. "Non mi piace liscio."

Bray intinse il pane tostato nel tuorlo delle uova all'occhio di bue. "Non so se stai evitando di proposito la conversazione, ma tuo padre mi aveva detto che ti eri sposata. E l'altro giorno, alla camera mortuaria, Melvin ti ha chiamata 'signora Marshall.'"

"Insomma, mio padre si è assicurato che tu lo sapessi."

"Già. Moriva dalla voglia di dirmelo. Mi stupisce che non abbia fatto pubblicare un annuncio sul giornale. A dire il vero, è stata l'*unica* cosa che mi ha detto di te."

Simpatico, ma anche no. Mal avrebbe preferito che suo padre non sbattesse la notizia in faccia a Bray. Voleva parlare del suo matrimonio? Non esattamente. Ma Bray le aveva raccontato tutto, la sera prima. Non era forse giusto fare lo stesso? Mal fece una smorfia.

Preparò il discorso a mente e, quando fece per cominciare, il telefono di Bray vibrò sul tavolino. Lui lo afferrò prima che cadesse a terra, poi lesse il messaggio.

"Merda. Devo andare. Mi aspettano alla riserva; una delle giumente sta partorendo due gemelli. Ed è un parto podalico." L'uomo si massaggiò la fronte. "*Cazzo.*"

Mal non lo invidiava. Trangugiò il caffè mentre lui spingeva indietro la sedia per andare a vestirsi e preparare i suoi strumenti.

L'uomo corse a darle un bacio sulla fronte e disse: "Va bene se ti chiamo più tardi?"

Mal annuì. "Certo."

"Fai con calma. Finisci la colazione. Basta che chiudi la porta in fondo alle scale quando te ne vai."

"Buona fortuna con i puledri," gli gridò lei quando Bray scese di corsa le scale. Un attimo dopo, Mal sentì la porta sbattere.

MAL CONTROLLÒ L'ORA. Erano quasi le nove. Bray aveva detto che sarebbe arrivato al bar un'ora prima. Mal passò un dito lungo il bicchiere di birra allo zenzero coperto di condensa. Non voleva bere alcolici, quella sera: la sbornia era ancora fresca nella sua mente. Il Willy Coyote attirava l'intera popolazione locale; Mal riconobbe alcune persone, ma non tutte. Era troppo giovane per bere[2] quando suo padre l'aveva spedita lontano, per cui quella era la sua prima volta al bar.

Non che le fosse mancato. Nonostante fosse buio e malridotto, il bar era l'unico abbeveratoio della città. La folla era un misto di persone gradevoli e meno gradevoli e c'era puzza di fienile. Musica country poco attuale risuonava da un vecchio juke-box nell'angolo. Alcune persone ballavano vecchie danze sulla pista, vestite con stivali e cappelli da cowboy. Fibbie grosse, jeans Wrangler e camicie di denim erano l'abbigliamento più popolare fra i clienti.

Alcune persone la avvicinarono per farle le condoglianze per la morte di suo padre e, quando i convenevoli si esaurivano, si toccavano il cappello e se ne andavano. La maggior parte aveva buone intenzioni, ma a un certo punto un avvoltoio cominciò a girarle intorno, chiedendole se fosse disposta a vendere la fattoria. Lei lo mise subito a tacere.

Era seduta in un tavolo d'angolo sul fondo, rivolta verso la porta. Tutte le volte che quest'ultima si apriva, il suo cuore batteva un po' più forte, fino a quando lei non si rendeva conto che quello non era il suo Cow-Boy.

La porta si aprì di nuovo e il fiato di Mal si mozzò.

Poi il suo stomaco precipitò.

La Dairy Princess.

Avrebbe potuto affrontare chiunque tranne Kaitlyn, quella sera. La donna aveva i capelli sistemati in un'acconciatura da guerra che probabilmente aveva richiesto un'intera bomboletta di Aquanet. Un paio di uomini fischiarono alla vista della sua gonna cortissima e della scollatura esposta. Kait sorrise e si toccò i capelli con lunghe unghie smaltate.

Mal la *odiava.* Avrebbe voluto strapparle di dosso le unghie e le ciglia finte e pulirle la faccia truccatissima con lo straccio sporco dietro il bancone.

Cosa diavolo ci aveva visto Bray in lei? L'infermità mentale temporanea era l'unica attenuante accettabile. E ora, per colpa dei complotti di quella donna, lui era legato a lei per il resto della vita.

Kait posò gli occhi su di lei, li allargò per un secondo e poi li strinse rapidamente mentre attraversava la stanza a grandi passi, con palese determinazione.

Occazzo. Non prometteva bene. Mal si raddrizzò sulla sedia e si preparò a essere travolta dal vortice della Strega Cattiva del Midwest.

"Oh, ecco la piccola rovinafamiglie. Ho saputo che hai dormito nella tana di Bray."

Rovinafamiglie? Non le era venuto in mente di meglio? "Hai dimenticato che siete divorziati?"

Kait sbuffò e si schiaffò una mano sul fianco. "Sono pur sempre la madre di suo figlio."

"Sì, un figlio che alieni dal padre. Vantati." Mal si pentì di quelle parole non appena le ebbe pronunciate. La loro famiglia non era affar suo. Doveva restarne fuori. Cercò di rallentare il respiro. Inspirò dal naso, espirò dal naso. Fece appello alla sua esperienza di yoga nel tentativo di trovare lo zen. *Oooooohm.*

Le buone intenzioni volarono fuori dalla finestra quando Kait le puntò un dito contro il petto. "Tengo mio figlio lontano da lui perché non voglio che faccia la stessa fine. Voglio che mio figlio abbia successo, non che diventi uno sfigato come suo padre."

Un movimento alle spalle di Kait attirò l'attenzione di Mal. Bray era in piedi dietro la sua ex, il volto pallido come un fantasma.

Non c'era bisogno che Mal lo difendesse; Bray era un uomo adulto. Ma dopo aver udito la sua storia la sera prima e sapendo che razza di miserabile cagna era Kait, l'ultima cosa che lei voleva sentire era Kait che insultava Bray e lo trattava di merda.

"Puoi anche non avere una grande opinione di lui, anche se non ti è dispiaciuto farti mettere incinta, ma Bray è un buon lavoratore. Si è guadagnato tutto quello che ha. Non c'è nulla di sbagliato nell'avere una buona etica lavorativa. È meglio che essere una bambina viziata."

Bray girò attorno a Kait. Che fosse per proteggere Kait o Mal, lei non lo sapeva e non se ne interessava.

Ma la ex-moglie di Bray non aveva ancora finito. Si fece avanti da Mal. "Vaffanculo. Fatti i cazzi tuoi. Non sai niente di me o di mio figlio. Te ne sei andata perché qui non c'era nulla per te. Sei passata a pascoli più verdi. Non hai il diritto di parlare."

Mal si alzò grattando la sedia sul pavimento, tremando da capo a piedi. "Hai ragione: me ne sono andata. Ma sono tornata. E che ti piaccia o no, Nate è anche figlio di Bray. Lui ha tutto il diritto di vederlo e di essere presente nella sua vita."

"Vaffanculo a te e alla decappottabile con cui sei arrivata."

Mal fece un passo avanti e Bray si frappose fra le due donne. L'uomo disse qualcosa, ma Mal, troppo concentrata sulla donna alle sue spalle, non riuscì a sentire. E poi, la voce di Kait si era alzata di diverse ottave. Mal era sicura che ormai tutto il locale si stesse godendo lo spettacolo.

"Sai, Maleen, lui ti ha sempre amato," strillò Kait. "Solo te. E tu non eri nessuno. Non capisco. Eri solo la figlia di un allevatore. Nient'altro che una Dairy Maid. Maid Maleen! Maid Maleen! Maid Maleen!" gridò, le guance due chiazze di rosso, la bocca un taglio rabbioso.

Bray si voltò e Kait per gli avambracci, incoraggiandola senza troppa gentilezza a fare un passo indietro. La donna strillò addosso anche a lui. Disse qualcosa riguardo al fatto che non avrebbe mai più rivisto suo figlio. La schiena di Bray si irrigidì, le sue dita accentuarono la presa sulle braccia di Kait e poi lui la lasciò andare e fece un passo indietro, scuotendo la testa.

Si voltò verso Mal, l'espressione chiusa e indecifrabile. "Andiamo."

Mal sapeva che quella situazione lo colpiva profondamente. Che lo feriva, che lo irritava. Ma capiva perché non voleva che Kait lo vedesse reagire. Le avrebbe fornito ulteriori armi da usare contro di lui. Andarsene era l'unica scelta logica. L'uomo le tese la mano e lei congiunse le dita tremanti alle sue. Lui la condusse lontano dall'angolo, ma Kait volle avere l'ultima parola.

"Beh, almeno lo hai convinto a fare qualcosa che io non sono mai riuscita a fargli fare."

Bray li tirò la mano. "Ignorala."

Ma Mal si fermò. Voleva sentire quanto in basso era in grado di arrivare Kait. "Sarebbe?"

"Radersi quello schifo di barba. D'altra parte, non ti ha mai dimenticata. Lo si è visto benissimo durante il nostro matrimonio."

Mal guardò stupita Bray. Con tutte quelle scenate, non si era nemmeno accorta che era rasato di fresco.

"Parlerò con il mio avvocato, Kait. Puoi starne certo," disse Bray prima di condurre Mal lontano.

Si fecero largo attraverso il bar e uscirono nell'aria notturna. Mal ingollò una salutare boccata d'aria, cercando di placare l'adrenalina che le scorreva attraverso il corpo.

Non era mai stata così vicina a stendere un'altra persona. Checché sostenesse Kait, lei non aveva avuto alcun ruolo nel fallimento del loro matrimonio. Non era colpa sua se quei due erano andati a letto insieme, lei era rimasta incinta e avevano deciso di sposarsi. Lei era a migliaia di chilometri di distanza, occupata a sua volta con un matrimonio disastroso.

L'uomo non disse una parola mentre la accompagnava fino alla Audi. Quando si fermarono di fronte all'auto di Mal, le disse: "Lascia che ti accompagni a casa."

Mal scosse la testa e infilò una mano nella tasca anteriore dei jeans per tirare fuori il portachiavi. "No, Bray. Sto bene."

"So che stai bene e mi dispiace per quello che è successo nel bar. Ma io ci sono abituato. Tu no. Non dovresti essere l'obiettivo della sua rabbia, dei suoi problemi."

"Lei ti vuole ancora."

Lui scosse la testa e fissò un punto sul cemento. "No. Lei non mi vuole. Vuole solo che nessun'altra mi abbia."

Il suo tono di voce le fece dolere il cuore. "Non meriti di essere trattato così."

"Sono stanco, Mal. Lavoro duro. È vero. Ma mi sembra di essere su un tapis roulant che non porta da nessuna parte. Mi manca mio figlio. È sempre stato un bravo bambino. Ma ha tredici anni e mi odia. Sua madre lo vizia e io no. Lei non gli sta facendo nessun favore e non riesce – o non vuole – capirlo. Io non so cosa fare. Lui è una pedina nel gioco di sua madre e questo non è giusto."

"Immagino che dovrai dar seguito alla minaccia di contattare il suo avvocato."

"Sfortunatamente, era una minaccia vuota. Non ce l'ho un avvocato."

Mal fece spallucce. "Procuratene uno, allora."

Bray appiattì le labbra.

"Cazzo, Bray, devi fare qualcosa. Se hai bisogno di una mano…"

"No. No, farò quello che devo. Nate può anche non crederci, ma è la persona più importante della mia vita. Mi dispiace dirti una cosa del genere. Ma è la verità."

"Com'è giusto che sia. Non mi aspetterei nulla di diverso da un brav'uomo. E da un bravo padre."

"Mi dispiace di essere arrivato tardi. Mi dispiace che sia successo quello che è successo. Lascia che ti accompagni a casa e che mi faccia perdonare."

Mal scosse la testa. "Sono stanca. Vado a casa e dormo."

L'uomo annuì, ma sembrava deluso. "Quando ci vediamo?"

"Ho parlato con Melvin. Le ceneri di mio padre saranno pronte domani. Vuoi passare?"

"Sì, voglio essere con te quando le spargerai."

Lei lo guardò in viso nella luce soffusa del parcheggio. Si allungò a passare le dita sulle sue guance lisce. "Lo hai fatto per me?"

"Solo per te."

"Non dovevi…"

"Volevo. Voglio sentire la tua pelle liscia contro la mia quando avrò la faccia fra le tue cosce."

Il ricordo piacevole dell'altra sera la attraversò in un lampo. Mal gli affondò le dita nei capelli e gli tirò la testa verso il basso. "Baciami, Cow-Boy, e poi salutami."

Labbra calde sfiorarono le sue e lei aprì la bocca per accoglierlo. La lingua di lui le esplorò la bocca, strappandole un gemito profondo. Il pollice di Bray le accarezzò il collo mentre l'altra sua mano era allargata in fondo alla sua schiena. Quando lui la attirò a sé, Mal avvertì la sua erezione inconfondibile.

Le rendeva difficile tornare a casa da sola. Ma era quello di cui Mal aveva bisogno, quella sera.

Aveva bisogno di riflettere su tutto ciò che era accaduto negli ultimi giorni. Di levarsi il desiderio e il sesso dal cervello e pensare lucidamente. Da quando era tornata a casa, tutto si era mosso troppo in fretta. Il trasloco, la morte di suo padre e il funerale, Bray che rientrava nella sua vita e voleva ricominciare da dove si erano interrotti come se nulla fosse successo nel frattempo, lo shock della scoperta che Bray aveva sposato Kait. E che aveva un figlio. Un figlio che avrebbe dovuto essere di Mal, non di Kait.

Il pensiero dei loro matrimoni falliti la spinse a respingerlo. Si portò una mano al ventre. Doveva dirglielo. Bray poteva anche non volere figli in quel momento, ma in futuro... Mal doveva essere sincera con lui.

"Fammi sapere quando puoi passare domani e io radunerò i braccianti. Spargeremo le ceneri di papà sulla fattoria che amava tanto."

"D'accordo." Bray si sporse e le baciò la fronte. "Buona notte."

Mal premette il pulsante sul portachiavi e prese posto sul sedile del conducente. La Audi si avviò con un suono basso e piacevole. Lei abbassò il finestrino. "Ci vediamo domani. Non rientrare, Bray. Vai a casa."

L'uomo stava ancora annuendo quando lei guardò nello specchietto retrovisore.

Capitolo sette

MAL ACCAREZZÒ con le dita la collana placcata d'oro da quattro soldi che portava al collo. Quella con la scritta *Principessa*. Non si era aspettata di ritrovarla in camera sua. Se ne era dimenticata, ma l'aveva trovata mentre raccoglieva vestiti e altre cose vecchie da donare al negozio di beneficenza locale.

Vederla le riportò alla mente la mattina in cui suo padre aveva cacciato Bray per sempre. Lui gliel'aveva data subito prima di chiedere al padre di Mal la mano di sua figlia. Era un'usanza molto antiquata, ma dopo essere stato sorpreso con le braghe calate, Bray aveva cercato di fare ammenda.

Lui la considerava ancora la sua principessa.

Mal aveva deciso di non vestirsi di nero per spargere le ceneri di papà. E aveva detto ai tre braccianti di non vestirsi elegantemente. Lo spargimento delle ceneri era solo una formalità e lei non intendeva farne un affare di Stato, dato che c'era già stata la cerimonia, ma tutti i braccianti avevano voluto essere coinvolti.

Tutti loro avevano amato e rispettato suo padre. E

sebbene fosse lui il motivo della separazione fra lei e Bray, anche Mal lo amava e lo rispettava. L'uomo aveva fatto del proprio meglio dopo la morte della moglie. E Mal aveva sempre apprezzato tutto quello che aveva fatto per lei.

Si dondolò sulla sedia a dondolo mentre aspettava. La vecchia sedia scricchiolava a ogni movimento e quel suono divenne un ritmo tranquillizzante. Ricordava quando suo padre se ne stava seduto fuori dopo una giornata lunga e beveva una birra per rilassarsi, a volte dondolandosi fino ad addormentarsi. Tutte le volte, lei era costretta a uscire e dargli una scrollata per svegliarlo e farlo andare a letto.

Pete, Mason e Willie stavano aspettando in veranda con lei mentre il sole calava. Il cielo si tinse di sfumature brillanti di rosso, arancione e giallo.

Bray era in ritardo. Di nuovo.

Mal udì il rumore di un motore che gridava lungo il viale sterrato e che, a orecchio, stava beccando tutte le buche a ottanta chilometri all'ora. L'uomo sarebbe stato fortunato ad arrivare con il furgone ancora intero.

Bray passò da ottanta a zero in un batter d'occhi; le gomme sollevarono una nube di polvere attorno al suo furgone da lavoro. Saltò giù con addosso la sua migliore camicia western, jeans neri e stivali da cowboy nuovissimi. Si aggiustò la cintura della fibbia d'argento e si recò in veranda, scusandosi profondamente con il cappello in mano.

"Cos'è successo, questa volta?" chiese Mal mentre Bray saliva di corsa i gradini.

"Uno dei cavalli da tiro di Davis è stramazzato."

"La laminite è un problema serio."

Bray annuì, battendosi il cappello sulla coscia per poi

rimetterselo in testa. "Sì, ma per fortuna l'abbiamo presa per tempo. Spero che non rimarrà zoppo a vita. Il maniscalco gli preparerà degli zoccoli speciali. Mi auguro che la soluzione funzioni, perché è un buon cavallo da lavoro e un animale bellissimo."

Mal sorrise nell'udire la passione e la dedizione nella voce dell'uomo. Si vedeva che amava il suo lavoro. "Beh, per questa volta ti perdono il ritardo. Papà ha tutto il tempo del mondo."

Lo sguardo di Bray corse all'urna ai piedi di Mal. L'uomo strinse le mani dei braccianti mentre tutti si radunavano per dare inizio allo spettacolo.

Willie, la voce gracchiante, prese la parola. "Doc Daniels, forse è meglio che dia un'occhiata all'occhio di Ellie May. Credo che la povera vecchia abbia un'infezione."

"Va bene, Willie. Nessun problema."

Mal raccolse l'urna e scese dalla veranda. "Non questa sera. Si può aspettare fino a domani mattina."

"Ma il dottore non sarà qui domani mattina."

Mal guardò storto Willie.

"Va bene. Può aspettare. Ho capito."

Mal detestava sentirsi chiamare "capo" e aveva cercato di convincere i braccianti a non farlo, ma inutilmente. A un certo punto, si era arresa.

Bray si chinò per mormorarle nell'orecchio: "Mmh. Capo. Mi piace più di Principessa. Puoi comandarmi quanto ti pare."

Mal gli diede un colpetto e attraversò il cortile, stringendo le ceneri di suo padre. L'ultima cosa che voleva era inciampare e lasciare che suo padre svanisse in una nuvoletta di fumo.

Aveva pensato a lungo e con impegno a dove voleva

spargere le ceneri, per poi ricordare che lui lei aveva confidato di aver sparso le ceneri di sua madre attorno ad alcuni alberi nel frutteto. Aveva sempre detto che la frutta di quegli alberi era stata più dolce che mai, quell'anno.

Mal aveva deciso di spargerlo dove si trovava l'amore della sua vita. Tutti e cinque si recarono a piedi fino al piccolo frutteto non lontano dalla casa. Bray rimase indietro per dare una mano a Willie. Ora che Willie aveva superato la settantina, non era più veloce come una volta. Anche se sarebbe sempre stato l'ultimo ad ammetterlo.

Mal raggiunse la fila di alberi di pesco prima di tutti gli altri. La pesca era il frutto preferito di suo padre. L'uomo adorava mangiarlo sotto molte forme diverse: crostata, torta, marmellata, in conserva, in lattina, ma soprattutto appena colto dall'albero. La stagione faceva sì che non si vedessero frutti da nessuna parte. Era il momento perfetto perché suo padre addolcisse il raccolto di quell'anno.

Mentre gli altri la raggiungevano, Mal fece per aprire il coperchio dell'urna. Le tremavano fortemente le mani. Non voleva vedere suo padre, un grand'uomo, ridotto a un semplice mucchietto di cenere. Non sapeva se sarebbe riuscita a sopportarlo.

Bray si fece avanti per afferrare l'urna dalle sue mani tremanti. E lei si limitò ad annuire, traendo un sospiro di sollievo. Gli uomini presero i capelli da cowboy in mano e tacquero mentre Bray toglieva il coperchio e cominciava a spargere le ceneri alla base degli alberi.

Mal trasse un respiro tremolante. Si disse di non piangere, di rimanere stoica. Ma il piano andò a puttane quasi subito. Si asciugò le maniche sulle guance e Willie si avvicinò per circondarle le spalle con un braccio. Lei si appoggiò all'uomo che conosceva da una vita intera. Era la cosa più simile a una figura paterna che le rimanesse. Il suo abbraccio la fece piangere ancora di più.

Quando Bray arrivò in fondo al filare, rimise il coperchio sull'urna e cominciò il percorso inverso. La sua espressione era impassibile e aveva occhi solo per lei. Quell'uomo sapeva cosa stava vivendo lei. Aveva sepolto entrambi i genitori negli ultimi quattordici anni.

"Che ne dici di rivederci a casa?" suggerì, il cappello da cowboy di nuovo sulla testa con la tesa inclinata verso il basso, che gli nascondeva gli occhi.

Mal annuì con la vista sfocata.

Willie le diede un'ultima stretta e gli uomini la lasciarono sola. La lasciarono a piangere.

"HO DATO a Willie del collirio per l'occhio di Ellie May," disse Bray mentre Mal saliva i gradini della veranda. Era rimasta nel frutteto molto più a lungo di quanto era stata sua intenzione.

"Fantastico. Ora quella vacca potrà mangiare ancora più fieno e grano senza produrre una goccia di latte per guadagnarsi il pane. Giuro che Willie è innamorato di quel vecchio sacco d'ossa."

L'uomo era spaparanzato sulla sedia a dondolo, il cappello sul viso e le gambe divaricate. Mal si infilò in mezzo a esse. Gli tolse il cappello e se lo mise in testa. Era troppo grosso, ma lei lo inclinò all'indietro per vedere Bray.

"Suvvia. Quella povera bestia non mangia certo molto ed è diventata il suo animale domestico. Abbi compassione." Bray fece un sorrisetto, quindi lasciò vagare lo sguardo da capo a piedi su di lei. "Accidenti. Ti vedrei bene nuda con addosso solo il mio cappello e la tua collana."

"E io ti vedrei bene nudo con addosso solo degli speroni."

Bray scoppiò a ridere e si alzò in piedi, la sedia che ondeggiava scatenata alle sue spalle. "Lo sai che non mi troverai mai morto sul dorso di una di quelle creature infernali."

Mal rise. "Solo perché ti hanno morso, preso a calci e inchiodato all'angolo di un box non significa che i cavalli non siano le creature più dolci del mondo."

Fu il turno di Bray di sbuffare. "Ho una cicatrice che dice diversamente."

"Hai mangiato?" chiese lei.

"Sì. La signora Davis mi ha dato una scodella del suo famoso stufato di manzo e un bicchierone di tè freddo." Bray si mise entrambe le mani sul cuore. "Se non fosse già impegnata, la sposerei."

"Basta poco, eh?"

"Sai come si dice: buon cibo e sesso sono la strada per il cuore di un uomo."

Mal rise. "Non è così che si dice."

"Lo so, ma funziona comunque."

Bray la oltrepassò per tenere aperta la zanzariera, sorridendo da un orecchio all'altro.

Mal gli si fermò di fronte e passò un dito lungo la linea di bottoni della camicia. "Ne sono sicura, Cow-Boy."

Bray fece scorrere il pollice sulle lettere della collana *Principessa*. "Adoro quando mi chiami Cow-Boy, perché so che è il momento di montare in sella."

"Meh," disse lei, entrando in casa e trattenendo un sorriso. I suoi capezzoli erano duri come diamanti e il suo sesso già caldo e umido. Quando aveva detto a Willie che

Bray avrebbe potuto controllare Ellie May in mattinata, aveva già intenzione di ospitarlo. Che principessa birbante.

Ma prima dovevano parlare. Negli ultimi giorni, Mal aveva evitato la conversazione riguardo al proprio matrimonio e si chiedeva se Bray fosse stato semplicemente cortese a non chiederglielo. "Sediamoci in salotto. Devo dirti una cosa. Birra?"

Le sopracciglia di Bray si sollevarono, mentre gli angoli della sua bocca si curvavano verso il basso. "No. Preferisco evitare. A meno che non ci sia bisogno che io mi ubriachi per sentire quello che hai da dirmi." Le sollevò il mento e la guardò negli occhi. "Devo ubriacarmi, Mal?"

Lei trasse un respiro profondo. "No, ma forse io sì."

"È così brutta? Le premesse non sono buone."

L'uomo la seguì nel salotto datato, dove le scatole aperte erano ancora infilate negli angoli, sebbene il grosso fosse ancora ammucchiato all'ingresso. Mal non era ansiosa di finire quel progetto.

"Apprezzo che tu indossi la collana che ti avevo regalato, ma non sei costretta a farlo. È una cosa da niente; tutto quello che potevo permettermi all'epoca."

"Voglio indossarla. E non mi importa quanto costa. Ho apprezzato il pensiero quando me l'hai regalata."

Bray si appollaiò sul bordo del vecchio divano di plaid, le mani sulle ginocchia come se fosse pronto a scattare in qualunque momento.

Mal gli tolse lo Stetson dalla testa e lo lanciò sul tavolino. Passandosi una mano irrequieta fra i capelli, cominciò a camminare in cerchio.

"Ti prego, Mal. Non farlo. Sono già abbastanza stressato."

Lei si fermò. "Scusa."

"Prima che tu cominci, voglio chiarire una cosa a cui ho già accennato in maniera non troppo sottile e che ho già detto in passato." Bray diede un colpetto sul divano accanto a sé. Mal si sedette con riluttanza ed entrambi si voltarono l'uno verso l'altra. "Mal, voglio tornare a come eravamo un tempo. A quelli che eravamo prima che le nostre vite venissero interrotte così bruscamente."

"Non possiamo, Bray. Siamo cambiati. Siamo persone diverse. La vita... c'è stata."

"Non siamo così diversi. Siamo entrambi un po' rotti, magari ammaccati."

"Non 'magari'."

Bray annuì, poi incrociò il suo sguardo. La osservò per un momento e, quando aprì la bocca per proseguire, Mal lo fermò appoggiandogli una mano sul braccio. "Ti spiego perché ho detto questo."

Trasse un respiro profondo e cominciò a raccontare...

MAL ERA INCINTA di sei mesi di sua figlia Lisabeth quando era accaduto l'impossibile. Aveva pensato che fosse tutto a posto, dato che aveva superato il primo trimestre senza il minimo problema; poi, un giorno, erano cominciati i crampi. All'inizio, Mal aveva pensato che si trattasse di un'indigestione, fino a quando le fitte non l'avevano fatta cadere in ginocchio nel bel mezzo della borsa di New York. Il mercato non si fermava per nessuno, ma a un certo punto qualcuno aveva finalmente chiamato un'ambulanza quando aveva visto la pozza di sangue allargarsi.

Mal aveva perso la bambina e, un paio d'ore più tardi, suo marito David si era presentato finalmente in ospedale. La preoccupazione dell'uomo si era presto trasformata in rabbia e lui l'aveva incolpata della perdita della bambina. Non importava quante volte l'ostetrica gli avesse detto che la colpa non era di Mal; David non aveva voluto sentir ragioni. Si era convinto che la causa dovesse essere qualcosa che aveva fatto Mal. Lei non aveva voluto smettere di lavorare e lui l'aveva accusata di essersi sottoposta a uno stress eccessivo. Era sicuro che fosse per quello che aveva abortito. L'aveva accusata di non avergli mai dato retta, soprattutto quando lui le aveva detto di prendersela con calma durante la gravidanza. Ma sebbene il suo lavoro fosse molto stressante, a lei piacevano il ritmo serrato e il brivido. Fino a quel giorno.

Il giorno in cui era cambiato tutto. Il vuoto dentro di lei era diventato una sofferenza di cui non era più riuscita a liberarsi. David non le aveva parlato per giorni. Lei aveva bisogno di lui e lui non c'era. All'inizio, Mal aveva pensato che anche il marito fosse in lutto, a modo suo. Ma quando i giorni erano diventate settimane e l'uomo non era più rientrato a casa, escludendola, lei aveva capito che c'era dell'altro.

Essendo entrambi agenti di borsa, sebbene David lavorasse in un'agenzia diversa, frequentavano le stesse cerchie. I dipendenti dell'agenzia bazzicavano gli stessi bar, gli stessi ristoranti, le stesse palestre, gli stessi caffè... ogni luogo. Parlavano di affari e spettegolavano. A volte, i pettegolezzi erano furiosi e selvaggi.

Mal aveva sentito i sussurri, aveva visto le occhiate di compassione e si era resa conto che alcune persone evitavano di guardarla negli occhi, se non del tutto. Ma ciò non era solo dovuto all'aborto, no. Dipendeva dal fatto che suo marito la definiva una delusione a chiunque gli prestasse orecchio. E si diceva che ci fossero altre donne nella sua vita. Non solo una. Molte.

Quando David tornava a casa, era sempre dopo mezzanotte. A volte veniva a dormire nel loro letto; altre volte dormiva nella stanza degli ospiti o sul divano. Era freddo e distante e Mal aveva pianto non solo la perdita della loro figlia, ma anche la morte improvvisa del loro matrimonio.

Da donna forte che era sempre stata, Mal si era ritrovata emotivamente spenta. I dubbi riguardo al futuro e al lavoro erano cresciuti sempre di più. All'improvviso, New York non era più così entusiasmante e il trading prosciugava completamente la sua energia. Aveva cominciato a bramare la tranquillità del Kansas, la pace e il ritmo più tranquillo.

Era indecisa se andarsene o cacciare David di casa, ma alla fine era stata la decisione a giungere improvvisa come lo sbattere della porta di un fienile durante un uragano.

Una sera, dopo il lavoro, alcuni colleghi l'avevano invitata a bere qualcosa. Mal non aveva davvero voglia di uscire, ma aveva pensato che farlo le avrebbe fatto bene, che magari le avrebbe sollevato il morale. Non era mai stata in quel piano bar. Forse era stata una coincidenza, forse no...

Quando era entrata con gli altri agenti, David era lì con un'altra donna. Una dai lunghi capelli biondi, il trucco perfetto, splendidamente vestita con un lungo e aderente abito rosso, la cui scollatura era al centro dell'attenzione di tutti gli uomini seduti ai tavoli vicini. Costei aveva le braccia strette attorno al collo di David e gli sedeva praticamente in grembo, dato che erano seduti a un tavolino d'angolo. Mal si era immobilizzata quando

David si era chinato a bisbigliare nell'orecchio dell'altra donna. Quella aveva buttato la testa all'indietro e aveva riso con fare drammatico.

All'improvviso, Mal aveva avuto la sensazione di essere uscita con gli stivali da stalla, la salopette e una camicia di flanella. Non poteva competere con l'eleganza ostentata da quella donna.

E non voleva farlo.

Se David voleva stare con un'altra donna, buon per lui. Poteva scegliere qualunque donna al mondo, con un utero perfetto in grado di sputare fuori dozzine di bambini. A Mal non importava più. Ma era stanca di giocare a far finta di nulla, di comportarsi come se avessero ancora un matrimonio solido mentre la parte maschile scopava in giro pubblicamente senza curarsi di chi la vedesse. Il minimo che David potesse fare, se non voleva stare con lei, era andarsene. Mal non avrebbe fatto scenate; non si sarebbe presa i suoi soldi o le sue proprietà. No, se David non voleva stare più con lei, che facesse l'uomo e si levasse dalle palle.

Invece, David l'aveva messa in imbarazzo in maniera spaventosa. L'aveva fatta sentire come uno zerbino usato.

Nessuno dei suoi colleghi aveva cercato di fermarla mentre marciava verso il tavolo. Anche se l'avessero fatto, lei non si sarebbe lasciata scoraggiare.

Dopo essersi fermata di fronte al tavolo, aveva sorriso a suo marito. Il genere di sorriso che diceva "Preparati perché adesso ti massacro."

"Spero che tu non pensi di usare la carta di credito condivisa per questo tuo piccolo rendez-vous."

David aveva sollevato lo sguardo, gli occhi sbarrati, la bocca spalancata, mentre si levava di dosso la sua accompagnatrice con fare ben poco gentile. Anzi, la donna lanciò un gridolino. Figurarsi.

Mal aveva teso la mano alla bionda. "Ciao. Sono Mal."

La donna aveva accettato la mano tesa e l'aveva stretta debolmente, rivolgendo a David un'occhiata interrogativa.

Mal aveva aggiunto: "Sono la moglie di David."

La bionda aveva lasciato cadere la sua mano come se fosse bollente. Il sorriso di Mal si era allargato. Ma lei sapeva che esso non le raggiungeva gli occhi. No. Quelli erano troppo impegnati a lanciare occhiate assassine a David.

"Per tua informazione, sarà meglio che tu faccia qualche controllo," aveva suggerito alla donna pallida in viso. "Il tuo amico mi ha passato la clamidia, che mi ha fatto perdere nostra figlia."

David aveva corrugato le sopracciglia e si era incupito. "Col cazzo."

"Sì, proprio con quello. E solo dopo che sono rimasta incinta. Il primo controllo prenatale era negativo. Ma in qualche modo, durante la gravidanza, l'ho contratta, e so di non aver scopato in giro. Per cui, puoi essere stato..." Aveva affondato il dito nella sua direzione. "... solo..." Altro affondo. "Tu, stronzo." Mal si era chinata fino a trovarsi a un palmo dal viso dell'uomo. "Voglio che tu lasci l'appartamento fino a quando non me ne sarò andata. Poi, sarà tutto tuo. Spero che tu possa permettertelo da solo. Magari la tua *amica* potrebbe venire a vivere con te e aiutarti a pagare i cazzo di conti."

Mal aveva girato sui tacchi ed era uscita a testa alta dal bar. Aveva resistito all'impulso di voltarsi e mostrare entrambi i medi a David. Sarebbe stato infantile, no?

. . .

"Non me ne sono andata. Non subito. Non so dove sia stato lui e non me ne importa. Ho chiesto il divorzio il giorno dopo. Abbiamo optato per il divorzio senza colpa; rapido e indolore. E poi, mio padre è morto. Ho lasciato il lavoro, ho fatto inscatolare le mie cose ed eccomi qui... Nella mia casa d'infanzia, circondata da scatoloni che contengono gli ultimi quattordici anni della mia vita, seduta sul divano con il mio fidanzatino delle superiori. Ta-da! Fine."

Bray aveva ascoltato in silenzio e con pazienza tutta la storia. L'unica indicazione che avesse prestato attenzione era stata l'occasionale stretta al ginocchio.

L'uomo raddrizzò la schiena, si passò le dita fra i capelli ed esalò il fiato. "Accidenti. E io che pensavo che il mio matrimonio fosse brutto."

"È una gara?"

"No, per carità." Bray le afferrò la mano e avvolse le lunghe e calde dita attorno alle sue. "Ma posso chiederti una cosa?"

Mal inarcò un sopracciglio. "Cosa?"

"Sei poi guarita dalla clamidia?"

Mal smise di respirare; poi rise così forte che le sfuggì una lacrima. All'improvviso, le lacrime vere cominciarono a scorrere. Non aveva mai parlato a nessuno di quello che era successo. Nemmeno a suo padre. Papà sapeva che lei aveva perso la bambina, ma non perché. Mal non gli aveva detto del divorzio, perché non avrebbe sopportato di udire la delusione nella sua voce. E poi, a un certo punto, era troppo tardi. Papà non c'era più.

Bray la prese fra le braccia, stringendola fino a quando non le sfuggirono gli ultimi singhiozzi. Le accarezzò i capelli e le bisbigliò parole di nulla. Ma non erano nulla per lei. Per lei, erano tutto.

Dopo quel bel pianto, si sentì un po' purificata. Ma non a sufficienza. La storia che gli aveva raccontato le aveva lasciato di nuovo un enorme buco dentro.

"Il mio corpo mi ha tradita. Ho tradito il mio matrimonio. Ho tradito la mia bambina."

"Non è stata colpa tua, Mal. Non biasimare se stessa."

"David mi ha detto un sacco di volte che ero una delusione."

"Ascoltami. Non sei stata tu, tesoro. Era *lui* la delusione."

"Non posso vivere di nuovo quell'orrore."

Bray esitò per un momento e poi un altro ancora prima di dire: "Non dire così."

Lei scosse la testa. "È vero."

"Hai solo bisogno di tempo per guarire. Com'è che si dice? Il tempo cura tutte le ferite?" chiese Bray.

"È già passato un anno," borbottò lei.

"Guarda le cose da un altro punto di vista. Hai portato tua figlia in grembo per mezzo anno. Hai subito una grave perdita."

Mal si tirò indietro per guardarlo in faccia. "Pensavo fossi veterinario, non psicologo."

Bray ridacchiò mentre le asciugava una lacrima vagabonda dalla guancia. "Mi capita di avere lunghe conversazioni con alcuni pazienti. Soprattutto quando ho un braccio infilato fino alla spalla nel culo di una giovenca."

Mal si allungò ad accarezzare i corti capelli scuri sopra la fronte di Bray. L'uomo li portava molto più lunghi ai tempi della gioventù. Allora, lei poteva spazzolarli con le dita mentre giacevano in silenzio dopo una delle loro romanticissime sessioni di sesso selvaggio da ragazzini.

"Perché sorridi?" La voce di Bray era bassa e scorrevole come miele caldo, provocandole un brivido lungo la spina dorsale. Mal si sentiva al sicuro fra le sue braccia. Al sicuro *e* voluta.

Lei lo osservò. "Niente... Tutto... Tu."

"Ti amo, Mal. Lo sai, vero?"

"Bray... Sono a casa da meno di una settimana."

Lui le scostò i capelli dal viso. "Non importa. Questo non cambia i miei sentimenti."

Mal lo amava da quando avevano diciott'anni. Per quanto una coppia di diciottenni sciocchi fosse in grado di amare. Ma il tempo e la distanza avevano aperto un varco fra di loro. Mal avrebbe voluto dirgli che anche lei lo amava, ma non voleva commettere un errore. Non di nuovo. Non poteva affrettare le cose.

"Non devi dire nulla, Mal. Ho capito. Ti sto mettendo fretta. Ho un bisogno pressante di recuperare il tempo perduto."

Le passò un pollice lungo il labbro inferiore, poi si chinò a baciarla. Le sue labbra erano morbide e calde, ma lui prese con decisione il controllo del bacio. La sua lingua passò lungo le labbra di Mal e dentro la sua bocca, intrecciandosi, duellando, vorticando con la sua. Le palpebre di Mal si chiusero lentamente e lei si lasciò andare.

Aveva bisogno di levarsi il passato dalla testa ed essere presente. Letteralmente. In quel momento. Fra le braccia di Bray.

Lui le circondò la guancia con una mano, allontanandosi quanto bastava per mormorarle contro le labbra: "Lascia che ti ami."

Le cosce di Mal si strinsero e il suo sesso pulsò. Afferrata la maglietta dell'uomo, contorse il tessuto fra le dita, avvicinandolo a sé. "Sì. Per favore." Le labbra di lei entrarono in rotta di collisione con le sue mentre gli strattonava la maglietta, i bottoni che saltavano come pop-corn su tutto il divano. Mal appoggiò le mani al petto muscoloso di Bray, sentendo il suo rapido sollevarsi e abbassarsi, e si mosse per mettersi a cavalcioni.

Bray era già duro – nulla di che stupirsi – quando lei si sfregò contro il suo bacino. Affondò le mani nei capelli di Mal, stringendoli forte, strattonandole la testa all'indietro, sfregandosi il viso contro il collo, passandole la lingua lungo la gola.

"La tua camicia è in mezzo," si lamentò contro la sua pelle quando non riuscì a proseguire il percorso fino alla scollatura.

Afferrato il fondo della camicetta che indossava, Mal non si prese nemmeno la briga di sbottonarla; invece, se la sfilò dalla testa, rivolgendogli un sorriso. "Meglio?"

"Non ancora." Bray le sganciò il reggiseno, lasciandosi ricadere in avanti e liberandole i seni. Si staccò per osservarli prima di circondarli entrambi e baciare delicatamente i capezzoli. Mal sfilò le braccia dal reggiseno e lo gettò via. I suoi capezzoli erano contratti dolorosamente e lei voleva più che un bacio delicato.

Quando la bocca dell'uomo si attaccò a un capezzolo e le sue dita catturarono l'altro, lei gemette e si sfregò ancora una volta contro di lui. La sua bocca si lavorò la carne di Mal, la lingua che vorticava lungo il bordo dell'areola, i denti che mordicchiavano la punta. Succhiò forte mentre torceva l'altro capezzolo fra le dita.

"Così, Cow-Boy, così," bisbigliò lei senza fiato. "Sto diventando fradicia."

Bray emise un verso contro la sua pelle e invertì i capezzoli, succhiandone uno mentre giocava con l'altro. Lei inarcò la schiena, spingendo i seni verso di lui, vogliosa che non si fermasse; ma d'altra parte, voleva anche che si fermasse, in modo da averlo profondamente dentro.

"Lo senti quanto ti voglio?" chiese.

La risposta di Mal fu un altro movimento circolare dell'inguine contro la sua erezione. Aveva le mutandine fradice e non si sarebbe stupita se lo fosse stata anche la patta dei pantaloni. Il fulmine la attraversava a ogni carezza della lingua dell'uomo, a ogni strattone della sua bocca, a ogni pizzicotto delle dita. Mal cominciò a ondeggiare contro di lui, guadagnando slancio, il tessuto delle mutandine che premeva contro le sue pieghe sensibili. Sfregò più forte il clitoride, più veloce, contro di lui. Lui le afferrò con fermezza i seni fra le mani e morse la carne tenera.

L'orgasmo esplose dentro di lei, facendola sussultare, arricciandole le dita dei piedi. Mal chiuse gli occhi e buttò la testa all'indietro mentre cavalcava le onde.

Ma non era sufficiente. Il suo clitoride bramava di più. *Lei* aveva bisogno di più.

Si tolse dal grembo dell'uomo e strattonò i lacci dei pantaloni. "Le braghe, Cow-Boy."

Entusiasmo e desiderio colmarono gli occhi di Bray; decisamente meglio della consueta disperazione. L'uomo sollevò il bacino del divano, si sfilò i jeans neri, gli stivali da cowboy, tutto, e tornò a sedersi sul divano, il membro eretto con la punta umida.

Mal passò lo sguardo sul corpo dell'uomo e sentì il sesso pulsare, disperatamente vogliosa che lui la riempisse. "Il preservativo, Cow-Boy."

L'uomo scosse la testa. "No."

Il cuore di Mal mancò un battito. "Sì. Devi."

L'ultima cosa di cui aveva bisogno era restare incinta. L'ultima cosa che voleva era rischiare di perdere un'altra parte di lei. Sarebbe stata la fine. Non si sarebbe mai ripresa.

"Mal..."

"No, Bray. Preservativo o niente."

Con la delusione stampata sul viso, Bray tirò fuori il portafogli dai jeans e ne estrasse un preservativo. Strappò l'involucro con i denti e si coprì. Dopo aver finito, si appoggiò allo schienale del divano e tese la mano a Mal. "Salta su, Principessa."

Lei sorrise sollevata e bisbigliò: "Grazie," mentre si metteva a cavalcioni delle robuste cosce di Bray e si appollaiava sopra di lui. Il membro dell'uomo ebbe un guizzo, urtando contro le sue pieghe gonfie e lubrificate.

Mal avvolse le dita attorno alla nuca dell'uomo e fissò direttamente nei suoi occhi mentre si abbassava, perdendosi lentamente, sentendo che la allargava. Un sorriso soddisfatto le sfuggì quando lo avvolse completamente.

Si rese conto in quel momento che Bray contribuiva a colmare il frammento del suo cuore che era stato strappato via dopo che lei aveva perso Lisbeth. Non aveva mai immaginato che potesse essere possibile. Ma lo era. Stava succedendo, anche se la spaventava un po'.

Doveva ricordare a se stessa che quello era Bray e che lui la amava, le voleva bene e la voleva incondizionatamente.

Appoggiò le mani sulle spalle dell'uomo e sollevò il bacino quanto bastava per allineare il sesso al suo.

"Scendo?" chiese.

Bray aveva le palpebre calanti, le labbra leggermente schiuse. "Oddio, sì, tesoro. Scendi."

Mal chiuse gli occhi mentre si abbassava ancora una volta con una lentezza tormentosa, assaporando il modo in cui il membro di lui la riempiva. Come se facesse parte di lei. Come se le appartenesse.

Mal lo cavalcò con lentezza, da cima a fondo, mentre l'orgasmo cresceva lentamente dal suo sesso. Fino a quando non raggiunse il limite. Proprio al punto di non ritorno. Appoggiò la fronte a quella di lui e posò le labbra a un soffio da quelle di Bray; i loro respiri affannosi si mescolarono. Lei inalava lui, lui inalava lei.

"Sei pronto a venire con me, Cow-Boy?"

Lui strinse i denti, ma non disse nulla. La sua espressione, i suoi occhi, le dicevano di sì.

Mal si lasciò ricadere con tutto il suo peso su di lui e Bray grugnì, trovando con le mani i suoi fianchi, affondandole le dita nella carne.

Poi lei lo cavalcò come avrebbe fatto con un cavallo selvaggio: forte e intensamente, tenendosi stretta.

Bray la stringeva così forte che le avrebbe lasciato dei lividi. Ma a lei non importava. Lo cavalcò fino all'apice, fino a quando non gridò: "Sto per venire, Cow-Boy."

Schiantò le labbra contro quelle di lui mentre le onde la travolgevano, i muscoli che si contraevano e guizzavano. Il bacino di Bray schizzò su dal divano e il suo membro pulsò dentro di lei mentre godeva.

I loro cuori martellavano, i loro respiri suonavano affannosi mentre entrambi si scambiavano un piccolo sorriso soddisfatto.

Mal collassò contro l'uomo, passandogli le braccia attorno alle spalle, stringendola forte. Appoggiò la testa sulla sua spalla quando lui si alzò con lei in braccio e la portò di sopra.

Capitolo otto

Bray era divorato dal senso di colpa. Non voleva lasciare sola Mal prima che si svegliasse. Soprattutto dopo che aveva trascorso metà della notte dentro di lei, facendola venire. Non riusciva proprio a saziarsi di lei. Il bisogno di aggrapparlesi, di assicurarsi che fosse reale, di assicurarsi che non sarebbe semplicemente sparita di nuovo, lo opprimeva.

Perché questa volta non si sarebbe arreso. Non avrebbe mai più rinunciato a lei.

Il suo telefono vibrò sul comodino attorno alle quattro di mattina, a indicare che aveva ricevuto un messaggio. A quell'ora del mattino, poteva significare una sola cosa: un'emergenza. Sembrava che la sua vita, negli ultimi tempi, consistesse nel correre da una parte all'altra a mettere pezze.

Tuttavia, non voleva lasciarla per quella particolare emergenza. Ma prima o poi avrebbe dovuto affrontarla, per cui le lasciò con riluttanza un biglietto sul cuscino, non volendo svegliarla. La donna era palesemente esausta dopo le loro scatenate attività notturne. Alcuni segni di morsi sulla schiena e il petto di Bray dimostravano quanto in là si era fatta spinta la nottata.

Il suo sorriso a quel ricordo svanì rapidamente quando Bray si fermò di fronte alla sua vecchia casa. La casa era illuminata dall'interno e lui si preparò ad affrontare la cosiddetta "emergenza." O ESK, Emergenza Secondo Kait.

Mentre lui si avvicinava al primo gradino, la porta si spalancò e la sagoma della sua ex-moglie si stagliò sulla soglia. Bray strinse gli occhi. Man mano che si avvicinava, l'immagine si faceva più nitida. Sospirò rumorosamente e si accigliò. "Seriamente? Vieni ad aprire vestita così?"

Kait si strinse nelle spalle e infilò un dito sotto la sottile spallina della négligé che indossava. O meglio, con cui stava sfilando, con un ginocchio piegato e il petto in fuori. Dopo una pausa teatrale, la donna fece un passo indietro per farlo entrare e gli chiuse la porta alle spalle.

"Dov'è Nate?" chiese lui.

"Dorme."

Ma certo. Come qualunque ragazzino normale. "Cosa ci fai sveglia a quest'ora? Non dirmi che hai l'abitudine di controllare la caldaia di notte."

"Ho sentito un rumore e mi sono alzata per indagare."

Bray sbuffò. Certo. E i porci volavano. "Allora, la cantina è allagata?"

"Sembra una palude."

Bray lanciò lo Stetson sul gancio accanto alla porta, come se fosse un'abitudine. Beh, una volta lo era. Si passò una mano fra i capelli in preda alla frustrazione. "Vado a dare un'occhiata. Tu torna a letto." Non aveva certo bisogno che lei gli alitasse sul collo.

Invece di accettare il consiglio, Kait gli passò una

mano lungo il braccio. "Sono davvero felice che tu sia qui. Spero di non aver interrotto nulla di importante."

Bray strinse gli occhi di fronte al tono smargiasso della sua ex. Immaginò Mal che dormiva, raggomitolata nel loro letto. Fosse stato per lui, sarebbe stato ancora fuso con il suo corpo. Kait sapeva che era rimasto da lei?

"No. Solo il mio sonno. E chi ne ha bisogno?" Invece, eccolo lì, nella casa che aveva pagato, a guardare la sua ex-moglie praticamente nuda perché lei non voleva chiamare un idraulico.

Che vita di merda.

"Scendo con te. Posso tenerti la torcia, se ne hai bisogno."

Tutta quella buona volontà era inquietante. I sospetti di Bray crebbero di intensità. "Potresti metterti almeno una vestaglia, prima?"

Kait emise una risata roca, giocherellando con una ciocca dei capelli lunghi fino alle spalle. I quali, a pensarci bene, sembravano decisamente in ordine, nonostante fosse più o meno l'alba. Chi si svegliava truccata e pettinata?

"Perché? Non è nulla che tu non abbia già visto," disse la donna.

Che bel ricordino. Scuotendo la testa, Bray si recò alla porta della cantina, premendo l'interruttore in cima alle scale. Kait lo seguì a ruota mentre lui scendeva.

Per poco Bray non scese gli ultimi gradini rotolando quando Kait si mise a giocherellare con i suoi capelli.

"Devi tagliarli."

Bray si aggrappò al corrimano per interrompere la caduta e si fermò immediatamente. Osservando il pavimento di cemento, si rese conto che la cantina non era allagata. Nemmeno lontanamente. Ma attorno alla caldaia c'erano le prove evidenti di una perdita.

"Questa cosa non poteva aspettare un'ora decente?"

"Avevo paura che esplodesse. È quello che è successo alla caldaia di Josh e Linda. È scoppiata come una bomba."

Bray levò gli occhi al cielo, assicurandosi che Kait non potesse vederlo, prima di dirigersi verso l'angolo della cantina dove si trovava la caldaia, sollevata da terra da alcuni blocchi di cemento. Allungò una mano dietro di sé. "La torcia."

"Posso tenerla io, tesoro," mormorò sensualmente la donna. La schiena di Bray si irrigidì. *Porca di quella miseria.* Sembrava proprio il verso di un gatto.

Bray la ignorò. Agitando le dita, si lanciò un'occhiata alle spalle. "La torcia, Kait, se vuoi che io guardi dov'è il problema. Altrimenti, me ne andrò e tu dovrai pagare un idraulico."

Imbronciata, la donna gli sbatté la torcia nel palmo della mano e incrociò le braccia sotto i seni, facendoli quasi fuoriuscire dalla scollatura bassa di pizzo. Porca miseria, quella non era una scollatura: era più simile a ritagli di pizzo che cercavano di sostenere il peso del mondo. Bray strinse i denti e voltò le spalle, accovacciandosi per passare il raggio di luce lungo la giuntura inferiore del serbatoio. Non riusciva a capire da dove provenisse la perdita. Passò la mano lungo il bordo. Era asciutto. La sua rabbia cominciò a ribollire quando vide l'acqua gocciolare dalla valvola di scarico. Girò la manopola per stringerla, interrompendo la cosiddetta "perdita" di emergenza.

"Ma che cazzo, Kait! La valvola di scarico era aperta."

Bray si alzò gemendo. La nottata doveva aver avuto delle conseguenze anche su di lui.

"Che significa?" chiese la donna, facendo del proprio meglio per ostentare innocenza.

"Significa che *qualcuno* ha aperto la valvola che svuota il serbatoio."

"Oh, no! Può essere stato un topo? Ci sono i topi in casa?" La donna saltellò nervosamente come se si aspettasse la comparsa di topi apritori di valvole a tradimento.

Bray chiuse gli occhi mentre traeva un respiro profondo. Sapeva benissimo che era tutto un complotto di Kait. Per lei, quello non era altro che un gioco. Di solito, a Kait non importava nulla di Bray, ma ora che Mal era tornata in città, all'improvviso aveva deciso di mettersi a fare scherzi.

Bray le restituì la torcia e risalì velocemente i gradini. Lei lo seguì.

"Allora va tutto bene? Non c'è bisogno di cambiarla?"

Bray sbuffò, si fermò e si girò a fronteggiarla. "Credi che io non sappia che hai aperto tu la valvola per farmi venire qui?" Chiuse di nuovo gli occhi, questa volta per contare fino a dieci. Ci rinunciò a quattro, li riaprì e la guardò storto.

"Dai, tesoro, non fare così," piagnucolò lei. "Mi manca il sesso bollente che facevamo."

"Solo il sesso, vero? Non io?" chiese lui, bisognoso che lei specificasse, che confermasse le sue affermazioni.

Kait si protese verso di lui, costringendolo a fare un passo indietro per evitare le sue grinfie. "Ma certo che mi manchi anche tu. Sei il padre di mio figlio!"

"A volte credo che tu te ne dimentichi, Kait. Te lo ricordi solo quando ti torna comodo."

La donna schioccò la lingua. "Che sciocchezza."

Bray girò sui tacchi e si recò alla porta. Si fermò con la mano sulla maniglia, lanciandosi un'occhiata alle spalle verso la donna con cui un tempo era sposato, la madre del suo unico figlio. Un nauseabondo promemoria della delusione che era stato.

"Tu non mi vuoi, Kait. Vuoi solo che Mal non mi abbia. Devi sempre vincere, vero? La mia vita non è un gioco. La vita di nostro figlio non è un gioco. E non pensare che io scherzi quando dico che voglio chiedere l'affidamento. Perché lo voglio. Tu sei fuori di testa." Bray si voltò e aprì la porta.

"Non è tuo."

Bray si immobilizzò a metà della soglia. Si voltò nuovamente verso la donna. "Cosa?"

"Non è tuo. Nate non è tuo figlio."

Disappunto e tristezza lo ghermirono e lui si sentì momentaneamente scorato dal fatto che Kait fosse disposta ad arrivare così in basso. "Kait, so che è mio."

"Non puoi saperlo. Come fai a esserne sicuro?"

Bray rispose a bassa voce: "L'ho sottoposto a un test del DNA quando è nato."

Kait spalancò gli occhi e si portò una mano alla bocca. "Perché diavolo l'hai fatto?"

"Perché non mi fido di te, Kait. Non mi sono mai fidato di te. Ero solo una pedina nella tua perversa competizione con Mal."

Bray uscì in veranda e trasse un respiro profondo dell'aria del primo mattino. Il sole stava cominciando a sorgere, tingendo il cielo di sfumature di rosa. Ma lui non era in grado di apprezzare quella bellezza, al momento. "Parlerò con il mio avvocato."

"Non te lo puoi permettere un avvocato, Braydon. Sai perché? Perché sei un cazzo di fallito. Un maledetto sfigato. Fai fatica a tenere in piedi la tua attività e a non morire di fame."

Bray si limitò a scuotere la testa, scese i gradini e tornò al suo veicolo.

Si allontanò senza degnare di uno sguardo lo specchietto retrovisore.

***

IL MUGGIRE basso e rumoroso delle giovenche che venivano munte era musica per le orecchie di Mal. Le vacche erano contente di sentirsi svuotare le mammelle dal loro greve contenuto. E poi, amavano masticare il fieno fresco mentre se ne stavano in fila e le mungitrici meccaniche facevano la loro magia.

Il latte. Ne faceva di cose buone...

Mal si pulì le mani infangate, o più probabilmente sporche di merda, sulla vecchia salopette sporca. Fra il fienile e tutto il sesso che aveva fatto la notte prima, aveva bisogno di una doccia. Puzzava terribilmente, ma a quanto pareva, la doccia avrebbe dovuto aspettare. Qualcuno stava arrivando lungo il viale.

E non era Bray.

Mal si levò una ciocca di capelli da un occhio con il mignolo, sperando che quello fosse il suo dito più pulito.

Ma che cazzo.

La Ford Escape verde menta di Kaitlyn si fermò in mezzo alla strada fra Mal e la casa. La Strega Cattiva del Midwest scese dalla sua scopa e, con le mani piantate sui fianchi, fronteggiò Mal.

Perché diavolo quella donna indossava un cappotto? Soprattutto considerato che era tarda primavera e faceva decisamente troppo caldo.

Bah. La stronza era fuori di testa.

"Cosa vuoi, Kait?" Non che a Mal importasse. Ma a quanto pareva, la donna era venuta lì per un motivo.

"Sto cercando Braydon."

Ovviamente. "Non è qui."

"Più tardi ci sarà?"

Mal sollevò una spalla. "Non ne ho idea. Ripeto: cosa vuoi, Kait?"

Kait sorrise, sollevò un dito che voleva dire *aspetta un attimo* e barcollò sui tacchi alti fino al lato del passeggero del SUV.

Mal lanciò un'occhiata all'orologio. Erano le otto di mattina. Perché diavolo quella donna indossava i tacchi assieme al cappotto? Mal osservò con disinteresse mentre Kait frugava sull'altro lato del veicolo e, quando la rivide, lei aveva il cappotto parzialmente aperto. Quanto bastava perché Mal vedesse che Kait indossava una specie di négligé di pizzo sotto la giacca. Mal si acciglò. Quella donna doveva essere fatta. Aveva perso completamente il cervello?

Fu allora che lei si accorse che la ex-moglie di Bray aveva in mano un cappello da cowboy spaventosamente familiare. Faticò a mantenere un'espressione neutra.

Kait sollevò il cappello. "Sono passata prima alla clinica, ma lui non c'era, per cui ho pensato che potesse essere qui. Braydon ha dimenticato il suo Stetson preferito sul mio comodino, questa mattina. E io non riesco proprio a immaginare che rimanga senza per tutto il giorno."

Mal digrignò i denti. "Hai provato a chiamarlo?"

"Ma certo, sciocchina! Non ha risposto né alle telefonate né ai messaggi. Probabilmente, era impegnato con il lavoro."

"Ma tu sei venuta qui."

"Certo. Perché no?" chiese innocentemente Kait. Porse il cappello da cowboy a Mal. "Puoi darglielo quando lo vedi? E digli che mi sono divertita quando è venuto a trovarmi questa mattina."

Kait ammiccò a Mal.

Le ammiccò davvero, cazzo. Mal avrebbe voluto strappare le ciglia finte di dosso a quella cagna. Invece, le strappò il cappello di mano e lo strinse così forte da schiacciare l'attesa. "Sarò felice di darglielo."

"Attenta, Maleen. È un dongiovanni."

Mal la guardò storto. "Fuori dalla mia proprietà prima che ti trascini nella merda di vacca. Le ragazze hanno lasciato dei mucchi freschi e fumanti con il tuo nome sopra."

Kait si accigliò e indietreggiò di un passo su piedi incerti. "Sei sempre stata un rifiuto, Maleen. Sempre. Hai la bocca lurida e sei una puttana."

Scandendo bene le parole, Mal disse: "Non me ne frega un cazzo di quello che pensi di me."

"Te ne è sempre fregato, Maleen. Per questo sei sempre stata in competizione con me. Hai sempre cercato di vincere il titolo di Dairy Princess e non ci sei mai riuscita. Hai perso tutti gli anni."

"E a cosa ti è servito vincere una fascia e una coroncina di zirconi, Kait? Dimmi."

"Braydon. Ho avuto Braydon."

"Lo hai perso, Kait. Te ne sei dimenticata?"

Kait inarcò un sopracciglio. "Tu credi?"

Mal si allontanò prima di rischiare che la arrestassero per aggressione e percosse.

MAL ERA SEDUTA sui gradini della veranda, circondata dall'aria fresca della sera e dai suoni dei grilli e delle cicale. Si tormentava il labbro inferiore e stringeva la mano sul cappello da cowboy che aveva in grembo. Resistette alla tentazione di portarselo al naso per inalare l'odore di Bray. E non solo una volta. Il suo cuore e il suo cervello erano in guerra l'uno con l'altro. Il cuore le diceva di sollevare la mano e il cervello riabbassare il cappello.

Mal trasse un lungo respiro purificatore.

Aveva bisogno di un cane. Non si poteva vivere in una fattoria senza averne almeno uno. I cani erano fedeli e amavano incondizionatamente. A differenza degli esseri umani.

Sarebbe andata al canile in settimana. C'era bisogno anche di qualche gatto in più per il fienile. Dare un'occhiata anche i gatti abbandonati non avrebbe fatto male. Tanto valeva fare una buona azione e salvare una vita.

Magari avrebbe preso qualche cane e qualche gatto...

I suoi pensieri furono interrotti dal rumore del furgone di Bray che sferragliava lungo il viale sterrato e dissestato. Il suo corpo cominciò a tremare per il nervosismo.

E, sebbene lei non volesse ammetterlo... per il cuore spezzato.

Era per quello che stava aspettando di fuori. Non voleva lasciare che Bray rientrasse nella sua casa o nel suo cuore.

Tenne nascoste le emozioni mentre lui scendeva dal furgone, sbatteva la portiera e le rivolgeva un sorriso enorme. "Ehi, Principessa!"

Lentamente, Mal si alzò sull'ultimo gradino e attese che l'uomo si avvicinasse. Bray aveva la falcata lunga, i fianchi snelli, e riempiva benissimo la camicia western e biancastra.

Mal trattenne le lacrime mentre chiudeva gli occhi. Doveva resistere.

Lo sentì fermarsi di fronte a lei in fondo ai tre gradini. L'uomo esitò per un secondo. Due. Tre. "Che succede, Mal?"

Nella sua voce risuonava palese l'incertezza. Che la fece soffrire ancora di più.

Aperti gli occhi, Mal cercò di scacciare il bruciore e tese il cappello. "Hai dimenticato qualcosa?"

Bray fissò lo Stetson schiacciato fra le sue dita. Mal vide gli ingranaggi che giravano nella sua testa, a ripercorrere gli eventi della giornata per capire dove l'avesse lasciato.

L'uomo sollevò lentamente lo sguardo su di lei e aprì la bocca per parlare.

Mal sollevò una mano. "No. Non devi spiegarmi nulla. Anzi, non voglio sapere. Prendi il cappello e vattene."

Bray salì un gradino e lei fece un passo indietro frettolosamente. Lui non poteva toccarla. Non poteva o lei sarebbe crollata. Ma il suo tacco si impigliò nel bordo della veranda e lei cascò sul sedere, atterrando bruscamente.

Bray salì di corsa i gradini e cadde in ginocchio, cullandole la testa fra le mani. "Va tutto bene, tesoro?"

"Benissimo e non chiamarmi così."

"Mal... Mal, ti prego," implorò lui. "Parlami."

"Non ho bisogno di te nella mia vita, Bray. Non ho bisogno di un uomo. Non ne ho bisogno."

Mal cercò di mettersi seduta, ma lui la strattonò a sé,

circondandola fra le braccia. "Lo so, tesoro. Lo so," mormorò contro i suoi capelli. "Mi dispiace."

Le sfuggì una lacrima, che aprì le cataratte. Mal si dimenò contro di lui. "Lasciami andare!" gridò.

"No. Non questa volta, Mal. Mai più." Bray la fece ondeggiare avanti e indietro fra le braccia, stringendo forte.

Mal si sedette fra le sue cosce, la schiena premuta contro il suo petto. Era piacevolissimo e non avrebbe dovuto esserlo. Mal non poteva lasciarsi scivolare via la rabbia così in fretta. Perdonarlo così facilmente.

Tirò su col naso, provando a riprendere il controllo. "Hai scopato Kait?"

"Pensi davvero che andrei letto con quella donna?"

"Lo hai già fatto," borbottò lei.

"Perché diavolo dovrei lasciare il tuo letto, Mal... il *tuo* letto... per andare da lei?" Bray sembrava incredulo.

"Ma sei andato da lei."

"Non per il motivo che stai pensando."

"Ha detto che hai lasciato il cappello sul suo comodino."

Bray sbuffò. "Ovviamente."

"Indossava una négligé e i tacchi."

Bray gemette. "Cosa diavolo le passa per il cervello?"

Era quello che Mal voleva sapere. "So che tu sei costretto ad avere a che fare costantemente con lei e che, siccome avete un figlio, sarai costretto a farlo per il resto della vita..."

"Ma non so se io sono in grado di averla nella *mia*."

Le parole di Mal erano più dolorose di quanto lei avesse idea. Bray chiuse gli occhi, rimpiangendo che la sua vita non fosse andata diversamente. Rimpiangendo che il padre di Mal l'avesse mandata via. Rimpiangendo di non averla seguita nonostante tutto.

Ma il rimpianto non serviva a nulla. Le cose erano andate così e quelle erano le conseguenze.

I due erano seduti direttamente sul pavimento di legno della veranda. Bray non aveva intenzione di lasciarla andare fino a quando non avrebbero trovato una soluzione.

"Mi rendo conto che non è giusto che tu debba avere a che fare con lei se stai con me. Mi dispiace, ma non posso farci nulla. Non posso andarmene dalla vita di mio figlio–"

Mal si asciugò gli occhi. "Non vorrei mai che lo facessi."

"Ho intenzione di provare a strapparle l'affidamento, ma anche se ci riuscissi, lei rimarrebbe comunque presente."

"Pensavo che non potessi permetterti un avvocato."

"Non posso. Ma troverò una soluzione. Devo farlo. Mi verrà in mente qualcosa."

"Bray, come pensi di fare? Hai venduto la fattoria. Ti resta solo la tua attività. Non puoi vendere anche quella."

La mente di Bray era sconvolta dalla disperazione della situazione. Non era il tipo che dava peso al denaro o ai lussi, ma senza denaro era bloccato fra l'incudine e il martello per quanto riguardava Nate.

"Non lo so. Venderò il mio sperma, il sangue, gli organi. Qualunque cosa sia necessaria."

Mal si zittì fra le sue braccia. Bray avrebbe voluto che fossero rivolti l'uno verso l'altra, almeno per immaginare quello che le passava per la testa.

"Io ho del denaro," bisbigliò la donna.

Bray si irrigidì. "No."

"Guadagnavo bene a New York. E ho risparmiato."

"No." *No. No. No.* Bray *non* avrebbe accettato il denaro di Mal. Lo avrebbe fatto sentire ancora più fallito.

Mal si staccò da lui e Bray balzò in piedi prima che lo facesse lei, in modo da offrirle una mano.

"Apprezzo l'offerta, ma mi dispiace: non posso accettare denaro da te."

"Potrebbe essere un prestito," disse lei, spolverandosi il sedere.

Bray scosse la testa. L'ultima cosa che voleva era essere indebitato con Mal, che il denaro si frapponesse tra loro. Le finanze erano una causa comune di divorzio e rotture. E lui non aveva intenzione di correre il rischio.

"Mal, mi hai appena accusato di essere andato a letto con Kait. E ora vorresti darmi dei soldi?" Bray si appoggiò alla ringhiera della veranda, sperando che fosse abbastanza robusta da sostenere il suo peso.

"Scusami. Mi sono lasciata impressionare. Avrei dovuto sapere che non è il caso di credere alla Strega Cattiva del Midwest."

Bray ridacchiò di quel soprannome, afferrò la mano di Mal e attirò la donna fra le sue cosce, intrappolandovela in mezzo. "Principessa, posso anche non avere molto, ma ho il mio orgoglio. Mi dispiace, ma non posso. Non posso accettare soldi da te, nemmeno in prestito."

Lei gli circondò il viso fra le mani e quelle di Bray corsero automaticamente alla sua vita. "Metti da parte il tuo dannato orgoglio, Bray... Vieni a vivere con me. Aiutiamoci a vicenda. È la cosa più sensata. Avrei un veterinario in casa per le frisone. Oltre che per i cavalli e le capre che ho intenzione di comprare. Tu avresti modo di espandere la tua attività. In casa c'è spazio più che a sufficienza per dare a Nate una stanza tutta per lui; il giudice sarà contento. Devo andare avanti?"

"Ci sarà spazio anche per i nostri figli?"

Lei spinse contro le sue spalle, ma lui non mollò la presa.

Il silenzio rimase sospeso in mezzo a loro. Lui la guardò fisso. "Mal, prenderesti in considerazione di avere dei figli con me?"

Mal abbassò lo sguardo e lui la vide chiudersi, le dita che si arricciavano a pugno sul suo petto.

Le ravviò una ciocca di capelli dietro l'orecchio, le infilò un dito sotto il mento le sollevò il viso. Mal fu lesta a distogliere lo sguardo. "Guardami."

Lo sguardo di Mal corse al suo, poi si allontanò.

"Mal..."

Lei bisbigliò: "Bray, non posso."

La delusione lo inghiottì. "Sì che puoi. Non è stata colpa tua. Almeno sei disposta a provare?"

Lei chiuse gli occhi, continuando a cercare di evitarlo, di escluderlo.

Bray aveva paura di fare quella domanda, ma doveva sapere. Doveva sapere se continuare la lotta o lasciarla in pace. "Mal, tu mi ami?"

Lei schiuse lentamente le palpebre. Questa volta, non lo evitò: lo guardò direttamente, occhi negli occhi. "Cow-Boy, non ho mai smesso di amarti."

Bray sentì il cuore spiccargli un balzo nel petto e cominciare a martellare. Avrebbe voluto correre per il cortile e attorno alla fattoria, gridando che la sua Principessa lo amava. *Mi ama.* Invece, prese fiato per farsi forza e raccolse le mani di Mal nelle sue. Si spinse via dalla ringhiera della veranda quanto bastava per cadere in ginocchio. Baciò delicatamente le dita della donna, la donna che stava sopra di lui ed era l'amore della sua vita.

"Maleen King, mi faresti l'onore di diventare mia moglie?"

In seguito, avrebbe ripensato a quel momento e si sarebbe reso conto di quanto fosse ironico il luogo in cui l'aveva chiesto. Era la sua seconda proposta a Mal, proprio su quella veranda. La prima volta aveva provocato una serie di reazioni a catena che l'avevano strappato dalla sua vita. Questa volta sarebbe andata diversamente.

Beh, purché lei dicesse di sì...

Ma Mal non stava dicendo nulla. Bray inarcò le sopracciglia e, quando lei continuò a tacere, fece per alzarsi in piedi, il petto contratto, ancora una volta sopraffatto dalla delusione.

"Rimani in ginocchio, Cow-Boy."

Bray ricadde di peso sulle ginocchia e cercò di non dare l'impressione dell'idiota disperato che implorava una donna di sposarlo.

Anche se era proprio così. "So che non sarà facile–"

"Zitto," disse Mal. E lui tacque.

La donna tirò su col naso. Bray non vedeva ancora le lacrime, ma avrebbe potuto scommettere che sarebbero arrivate a momenti. Sarebbero state lacrime di gioia o di sofferenza? Nel secondo caso, forse anche lui si sarebbe messo a piangere con lei.

Un forte singhiozzo le sfuggì prima che dicesse: "Braydon Charles Daniels, io ti sposerò. Voglio essere tua sotto tutti i punti di vista. Voglio svegliarmi accanto a te tutte le mattine. Voglio che tu sia il padre dei miei figli."

"Beh, non posso prometterti tutte le mattine. Non con il lavoro che faccio."

Mal rise fra le lacrime. "Zitto, Cow-Boy, e baciami."

Bray si alzò in piedi e si toccò l'orlo di un capello invisibile. "Sarò lieto di accontentarla, signora."

Schiacciò le labbra contro quelle di Mal, approfondendo il bacio fino a quando le loro lingue non collisero e non danzarono l'una con l'altra. Bray prese Mal fra le braccia e la portò dentro.

E in camera da letto. Non c'era momento migliore del presente per cominciare a lavorare sui loro due virgola cinque bambini.

Epilogo

"Vorrei che mio padre potesse vederti," disse Mal, incapace di levarsi il sorriso dalla faccia.

"Adesso adesso?" chiese lui, indicando il proprio corpo nudo.

Indossava solo la fascia ingiallita e spiegazzata da Dairy Prince. Mal non aveva idea di dove l'avesse tirata fuori. Ma in qualche modo, aveva ritrovato anche la sua. Mal non riusciva a credere di non averla buttata via anni prima.

Ridacchiò. "No. Intendo il modo in cui hai ribaltato la situazione. Il fatto che gestisci una clinica veterinaria proficua e di successo."

"Non ce l'avrei mai fatta senza di te, Principessa. Avevo proprio bisogno di averti come socia in affari."

Socia in affari. Compagna di vita. Mal fece spallucce. "Era una scelta ovvia. Io sono brava con i soldi. Tu sei bravo con i pazienti."

"Dillo a loro, ti prego. Oggi, quel tuo stallone ha cercato di strapparmi un pezzo di coscia mentre gli guardavo la ferita."

Non solo avevano costruito una struttura nuova e attrezzatissima per la clinica veterinaria di Bray, ma avevano cominciato ad allevare capre da latte e avevano costruito un nuovo fienile e un nuovo recinto per i cavalli. Cavalli arabi, per essere precisi. Lei adorava la loro bellezza, il carattere fiero e la resistenza.

"Marigold è effettivamente insopportabile," concordò.

"Come si fa a chiamare uno stallone bizzoso Marigold? Non c'è da stupirsi che sia sempre incazzato."

"È stata tua figlia, ricordi?"

"Già. Questi bambini di due anni che non riflettono sulle loro decisioni... Quel nome basta a provocargli l'ansia da prestazione."

"Non ha alcun problema con le signore e lo sai benissimo," sbuffò lei.

"Come me, eh?"

"A te ne basta una," gli ricordò Mal.

"Questo è verissimo. Ma con Laney e te in casa, mi tocca avere a che fare con più di una. Sono contento che Nate trascorra più tempo qui, di questi tempi. Compensa gli estrogeni con il testosterone."

"Sì, è qui quando non insegue anche lui le ragazze."

"Beh, ricordo quando avevo sedici anni. Avevo appena preso la patente... Inseguivo te. Anche se mi hai tenuto lontano per un anno intero prima di permettermi di toccare e assaporare quel tuo corpicino dolce."

"Non volevo sembrare facile."

Bray sbuffò. "Quando mai sei stata facile?" Il letto affondò da una parte quando lui si appoggiò un ginocchio. "Ma se vuoi essere facile questa sera, sei la benvenuta. Sei troppo vestita."

Mal abbassò lo sguardo lungo il suo corpo. Giocherellò con la fascia che le avvolgeva a stento il pancione. "Questa è troppo?"

"Non voglio niente a coprire te e quel tuo bel pancino."

Mal passò una mano sulla pelle tesa, la fede d'oro sull'anulare che rifletteva la luce. "I bambini dormono?"

"Ah-ha."

Mal si sfilò la fascia e la lanciò a Bray. "Sicuro che la porta sia chiusa a chiave?"

"Sì."

"Allora cosa stai aspettando, Cow-Boy?"

"Apprezzavo solo la vista." Bray agitò le sopracciglia.

"Smettila di fissare e comincia a toccare. Ho poca pazienza, di questi tempi."

Bray si strizzò.

"Senti un po'! Prova tu a ingoiare un melone e poi vedi quanto sei paziente."

Bray si abbassò sul letto accanto a lei. Le baciò la pancia e poi le labbra, dove si soffermò molto più a lungo. "Apprezzo che tu porti in grembo e cresca i miei figli, tesoro."

Mal sospirò soddisfatta. "Lo so. Ricordatelo solo quando ti stritolerò di nuovo le dita in sala parto."

Bray grugnì. "E griderai che mi odi e che non ti lascerai mai più toccare da me?"

"Sì. Anche."

Bray le si mise sopra, badando a evitare il ventre prominente. "Cosa c'è nel menù questa sera, amore mio?"

"Qualunque cosa tu voglia," disse lei, sorridendogli.

"Delizioso." Bray giocò con i seni pieni di Mal. Lei gridò quando lui sfiorò con le dita le punte sensibili. "Ti amo, Mal."

"Anch'io."

"Insieme per sempre, Principessa."

"Per sempre, Cow-Boy."

E proprio come nella favola il Dairy Prince e la sua Dairy Maid vissero per sempre felici e contenti.

Per rimanere aggiornati sul lavoro di Jeanne, iscrivetevi alla sua newsletter qui: (in inglese): http://www.jeannestjames.com/ newslettersignup

---

**Girare la pagina per leggere il primo capitolo del prossimo libro della serie Fratelli in divisa:
Fratelli in divisa: Max**

Fratelli in divisa: Max

Incontra i ragazzi di Manning Grove: tre fratelli che fanno i poliziotti di una piccola città americana e incontrano le donne che cambieranno per sempre le loro vite. Questa è la storia di Max...

Amanda Barber è una ragazza di città, viziata e amante delle feste. Improvvisamente, la vita la mette a dura prova: dovrà adattarsi alla realtà della provincia, occuparsi del fratello diversamente abile e scontrarsi di continuo con un irritante sbirro del posto.

Come poliziotto e con un passato nei Marines, Max Bryson è un uomo a cui piace avere il controllo della situazione. Non ha mai avuto una relazione seria, né pianifica di averne una nel futuro prossimo. Vuole dipendere solo da se stesso. Se anche cambiasse idea, di certo non si sceglierebbe una ragazza immatura e irresponsabile come Amanda. Eppure, per quanto ci metta tutta la sua buona volontà, Max non riesce a togliersi la sensuale Amanda dalla testa... né dal cuore. Vederla diventare una donna matura sotto ai propri occhi non fa altro che aumentare l'istinto di protezione di Max.

Prepotente e *possessivo*: ecco alcune delle parole con cui Amanda descrive questo antipatico sbirro. D'altronde, non può negare che anche solo guardare Max le provochi brividi di piacere. Però Amanda non vuole ritrovarsi ancora con qualcuno che cerca continuamente di controllarla e Max sembra proprio il tipo di uomo che lo farebbe... O forse no?

Girare la pagina per leggere il primo capitolo del prossimo libro della serie Fratelli in divisa:
Fratelli in divisa: Max

Fratelli in divisa: Max
libro 1

CAPITOLO UNO

LA PICCOLA AUTO rossa che Amanda Barber aveva noleggiato rimase ferma nel parcheggio per tre quarti d'ora. Lei era immobile al posto di guida, come pietrificata. Fissava attraverso il parabrezza l'edificio con le pareti di mattoni a vista che aveva davanti agli occhi. Il motore dell'auto era spento, le chiavi ancora inserite nel blocchetto d'accensione; non le ci sarebbe voluto molto per girarle, mettere in moto e sparire nella stessa strada dalla quale era venuta.

Lesse ancora l'insegna sulla facciata dell'edificio, come se quel nome fosse una formula magica che servisse a rimandare l'inevitabile. Casa Howell – Centro diurno di assistenza per adulti.

Si stava facendo buio e lei non poteva più rimanere lì seduta. Aveva promesso all'avvocato della madre che si sarebbe trattenuta in città per un paio di settimane. Solo un paio di settimane. Quattordici giorni. Mezzo mese.

Doveva smettere di essere fifona.

Ok, basta tentennamenti. Afferrò le chiavi e le gettò nella borsetta. Era ora di farla finita. Scese dall'auto, decisa a entrare nell'edificio prima di cambiare ancora idea.

La porta si richiuse alle sue spalle con un *clang* che le parve assordante e Amanda si guardò intorno. C'erano alcuni anziani seduti che cucivano, leggevano e parlavano in piccoli gruppi. Una televisione ronzava in sottofondo. Un signore elegante, molto avanti con gli anni, sedeva su una carrozzina al cospetto di una grande vetrata, la testa ciondolante per via del dormiveglia.

Una donna che dimostrava qualche anno più di lei alzò lo sguardo e la notò. La donna, che stava assistendo un ragazzo seduto a un tavolo da gioco, raddrizzò la schiena e guardò Amanda perplessa. Lei non capiva perché il ragazzo avesse bisogno d'aiuto; sembrava intento a disegnare. La donna si chinò per dirgli qualcosa all'orecchio, poi si mosse verso Amanda.

"Posso aiutarla?"

"Immagino di sì."

Amanda non disse altro, al che la donna assunse un'espressione stupita.

La spronò. "Ha bisogno di informazioni? Vuole fare un giro della struttura?"

"No."

Sempre più confusa, la donna strizzò gli occhi e inclinò la testa come per farle una domanda che però tardò a formulare; quando dopo poco aprì la bocca, Amanda la interruppe. "Sono qui per vedere Gregory Barber."

Pronunciò quel nome abbastanza forte da richiamare l'attenzione del ragazzo seduto al tavolo da gioco, che alzò la testa, la girò verso di loro e rise sonoramente, poi con il polso piegato si spostò la ciocca di capelli che gli era finita sugli occhi.

Le labbra della donna si aprirono in una O. "Tu devi essere Amanda."

Amanda aggrottò la fronte. La donna sapeva di lei, naturalmente; anzi, probabilmente la aspettava già da tempo. Amanda era pronta a scommettere che tutta la cittadina di Manning Grove la stava aspettando.

"Sì, sono venuta a prendere Greg."

Amanda si morse un labbro quando vide il ragazzo alzarsi dal tavolo con un sorriso sghembo stampato sul volto. L'istante dopo, lui le stava correndo incontro, agitando in aria le mani. Istintivamente, Amanda fece un passo indietro. In effetti, avrebbe voluto girarsi e darsela a gambe, ma il ragazzo la strinse in un abbraccio che le tolse il respiro.

La donna gli afferrò le braccia, cercando di separarlo da Amanda. "Greg! Greg! Lasciala andare!"

Greg la scuoteva avanti e indietro, premendole la testa sul petto e stringendo sempre più forte. Lei emise un gemito di dolore.

"Donna... questa è Mandy? È Mandy?" Il vocione del ragazzo le vibrava contro la cassa toracica.

"Greg, di questo passo la stritolerai!"

Allora Greg la lasciò andare e si fece indietro, non senza una certa riluttanza. Il sorriso storto si ingrandì e qualche gocciola di saliva gli schizzò fuori dalla bocca mentre esclamava: "Mia sorella Mandy!"

"Sì, Greg, tua sorella è venuta a prenderti." Donna si rivolse ad Amanda. "Come avrai capito, io sono Donna. Gestisco la struttura." Guardò Amanda con preoccupazione. "Mi sembri pallida... Vuoi sederti?"

Amanda scosse la testa. "No." Fece un profondo

respiro e si passò una mano sulle costole, per accertarsi di non avere lesioni. Si sistemò la gonna e il maglione che le si era spiegazzato sotto la giacca. "No, sto bene."

"Porterai Greg a casa di sua madre?"

"Sì."

"Hai mai avuto a che fare con una persona con disabilità?"

Amanda lanciò un'occhiata a Greg, che la ricambiò aggiungendo un enorme sorriso. "No." Greg non riusciva a stare fermo: gesticolava di continuo e confabulava tra sé e sé.

Donna aggrottò la fronte. "Oh, cielo!"

Ad Amanda non piacque quell'esclamazione. *Oh, cielo.* Che voleva dire? Sapeva di essere nei pasticci... ma *"Oh, cielo"*?

Cacchio.

"Uh... Greg è pronto per andare?"

Donna lo guardò. "Sì. Come vedi, è molto felice di conoscere sua sorella." Spostò nuovamente lo sguardo su Amanda e inarcò un sopracciglio. "È la prima volta, vero?"

Amanda annuì. Non sapeva se quella che provava fosse vergogna o piuttosto paura. Probabilmente era paura, su cui stava calando una coltre di vergogna. Senza dubbio, Donna conosceva la risposta ancor prima di aver formulato la domanda. Amanda era certa che tutta la città conoscesse la risposta.

Doppio cacchio.

Donna la prese a braccetto e la guardò con occhi colmi di pietà. "Senti. Ti darò il mio biglietto da visita. Per qualsiasi dubbio o problema, chiamami. Greg è bravo, è ubbidiente e facile da accontentare."

Amanda lo guardò. Donna ne parlava come se fosse

un bambino, ma Greg non era un bambino. Il suo fratellastro aveva ventidue anni. Ventidue.

Era abbastanza grande per bere alcolici, votare o arruolarsi nell'esercito.

Era un adulto, solo che si comportava come un bambino.

"Grazie. Potrei prenderti in parola."

Per la prima volta da quando Amanda era entrata, Donna sorrise. "Certo che lo farai. Ecco una brochure della nostra struttura e il mio biglietto da visita. Greg viene qui tre volte a settimana. Un autobus lo passa a prendere poco prima delle otto di mattina il lunedì, il mercoledì e il venerdì, sempre che non siano giorni festivi. Un autobus lo riporta a casa poco dopo le sei di sera."

Ad Amanda girava la testa. "Ok."

Greg sei pronto per andare con tua sorella?

"Sì, sì, sì! Prontissimo." Greg era talmente su di giri che saltò su un piede, poi sull'altro. "Ora noi si va!" Corse verso Amanda e le porse la mano contratta.

Amanda gliela strinse. L'enorme sorriso di Greg era irresistibile e lei lo ricambiò con uno più debole. "Pronto, Bud?"

"Chi è Bud?"

Amanda lo guardò. Sarà stato anche solo un fratellastro, ma lei e Greg avevano lo stesso sangue. Lui era un pezzo della sua famiglia. Amanda rilassò leggermente i muscoli tesi e gli strinse ancora la mano. "Sei tu... Stai per diventare il mio nuovo compare preferito[1]."

"Oh! Oh! Donna, sono io Bud! Il suo compare!" Greg cominciò a tirare Amanda verso la porta.

"Un momento, Amanda!" Mentre Greg la trascinava, lei si voltò verso Donna. "State dimenticando Caos."

"Cosa?" Amanda si aggrappò allo stipite della porta

per evitare che Greg la portasse fuori di peso e sbattesse sul pavimento in preda all'euforia.

"Caos," ripeté Donna, come se quel nome bastasse a chiarire tutto.

Donna raggiunse la porta che dava sul retro della struttura e la aprì. Un border collie bianco e nero balzò attraverso la stanza e si mise a girare intorno a loro, dimostrandosi tanto incontrollabile quanto in quel momento lo era Greg.

Caos.

Che nome appropriato.

Le chiavi tintinnarono e i cardini scattarono quando Amanda aprì la porta principale della sua nuova casa.

Nuova casa temporanea, ricordò a se stessa.

A causa del lungo volo, a cui era seguito un lungo viaggio in auto per raggiungere quel paesino *nel bel mezzo del nulla*, Amanda era esausta. Aveva bisogno di una bella dormita per essere in grado, l'indomani, di pensare a mente lucida.

Guardò l'orologio. Le sette.

Né lei né Greg avevano cenato e già lei pensava a coricarsi. Come una vecchietta. A Miami, a quell'ora, la serata non era neanche cominciata.

Caos sfilò accanto a lei. Anche il cane doveva mangiare, probabilmente.

"Greg, tu sai come dar da mangiare a Caos?"

Non sentendo alcuna risposta, Amanda si girò verso di lui e lo vide ancora in piedi vicino all'auto. Durante il tragitto, mentre attraversavano il quartiere per arrivare all'abitazione, Greg era rimasto sospettosamente calmo e silenzioso. Il "bambino" euforico era scomparso.

"Greg?"

"Mamma è qui?"

Nonostante il buio e la distanza, Amanda vide chiaramente la tristezza e la confusione che affiorarono sul volto del ragazzo. A lei, quella domanda aveva fatto venire la pelle d'oca.

"No, Greg, la mamma è andata via. Avanti, vieni dentro. Ti preparo la cena."

"Mamma è brava a cucinare."

Amanda sospirò. Non voleva gestire quella situazione. Non faceva parte delle sue responsabilità. Era la prima volta che incontrava il fratellastro. Aveva sempre saputo della sua esistenza, ma i due vivevano in mondi completamente diversi. Nel mondo di Amanda non c'era mai stato spazio per il padre, la matrigna e il fratellastro. La madre di Amanda, Anne, si era assicurata di escluderli.

"Ehi, Bud, non sarò la migliore delle cuoche... anzi, probabilmente sono una delle peggiori. Però sono in grado di prepararti una zuppa e un toast al formaggio."

Sentirsi chiamare *Bud* sembrò tirarlo un po' su. La seguì con riluttanza dentro casa.

Amanda tastò il muro in cerca di un interruttore, visto che nell'entrata era buio pesto; quando le dita ne trovarono uno, lo spinse e si accese la luce. La casa era carina. E piccola. Ogni cosa pareva essere al proprio posto e l'ambiente aveva un aspetto molto ordinato. Nonostante Dolores, la sua matrigna, fosse deceduta più di una settimana prima, la casa sembrava piuttosto pulita.

Amanda notò subito che in giro non c'era nulla di fragile. Niente ceramiche, nessun oggetto di vetro, nemmeno un gingillo. Capì subito il perché quando sentì uno schianto. Corse verso il retro della casa.

La cucina era spaziosa e moderna, con elettrodomestici di ultima generazione, finiture in acciaio inossidabile e dei fantastici piani di lavoro in granito. Un portapentole di rame era appeso sopra l'isola centrale, attorno alla quale erano disposti degli sgabelli di legno scuro.

Al centro della bellissima cucina c'era Greg, che la guardò intimidito. "Mi dispiace."

Gli era caduta in terra la ciotola di metallo di Caos, anche se non sembrava che per il cane fosse un problema: mangiava più veloce che poteva e spazzolò a tempo di record tutti i croccantini, anche quelli finiti nei punti più inarrivabili.

"Non fa niente, Bud. Ora troviamo qualcosa da mangiare per te."

Dopo qualche minuto di ricerca nei vari armadietti, Amanda assemblò una cena veloce per Greg, poi, mentre lui mangiava, si dedicò all'esplorazione della casa. La scoprì piccola, come aveva capito fin da subito, ma molto confortevole. Tre camere da letto e due bagni su due piani.

La cucina era una delle stanze più grandi. Sul retro c'era un giardinetto lungo e stretto, adeguatamente recintato per evitare che il cane scappasse. Amanda apprezzò particolarmente la veranda, che sembrava essere stata costruita di recente vicino alla pedana che dava sul giardino.

Tornò in cucina per dare un'occhiata a Greg. Forse non avrebbe dovuto lasciarlo solo tanto a lungo... Se non altro, avrebbe fatto bene a dargli un tovagliolo. Mentre gli puliva il sugo di pomodoro dai vestiti, Amanda gli fece un piccolo interrogatorio, per capire cosa il ragazzo fosse effettivamente in grado di fare da solo.

Verso le dieci, quando Greg ebbe finito di guardare quello che descrisse come uno dei suoi programmi preferiti, lei lo accompagnò nella sua camera da letto.

"Mi sembra di capire che sei un fan del campionato automobilistico NASCAR, Greg."

"Adoro le macchine... e le corse! Da grande farò il pilota."

"Fammi indovinare... il tuo idolo è Tony Stewart."

Greg strillò, visibilmente emozionato. "Come lo sai?"

Amanda guardò in giro per la stanza: era piena di poster di Stewart, di modellini di automobili e di altri cimeli; tirò giù il copriletto, su cui c'era l'immagine del pilota. *Mmmh... Come lo sapeva?*

"Per andare a letto te la cavi da solo?"

"Sì."

"Bene. Buonanotte, Greg."

"Mandy?"

"Sì?"

"Posso avere un abbraccio?"

"Puoi scommetterci, Bud." Quel secondo abbraccio fu meno letale del primo. "Buonanotte, Greg. Ci vediamo domattina."

"Buonanotte, Mandy."

Amanda scese le scale e andò direttamente in cucina, a prendere la busta bianca che aveva lasciato sul top. Era la busta che le aveva consegnato l'avvocato. La afferrò e si diresse in veranda. Sprofondò nel morbido divanetto emettendo un gemito di stanchezza e aprì la busta. Caos la raggiunse, saltò sul divanetto e le si accucciò a fianco. Lei le accarezzò il manto setoso che gli ricopriva la schiena.

Aprì il foglio e cominciò a leggere.

Cara Amanda,

Mi dispiace non averti mai incontrata, ma ormai non posso farci nulla. Prima di tutto, voglio dirti che tuo padre ti ha voluto bene, anche se tu pensavi che non fosse così. Insieme, abbiamo vissuto una buona vita e io gliene sono grata. L'ho amato molto.

Immagino che per te sarà scioccante incontrare tuo fratello per la prima volta. Gregory è un bravo ragazzo, spero che avrai modo di rendertene conto.

Per Greg è stata dura quando tuo padre è morto di infarto, due anni fa. Per me è stata durissima. So che per Greg sarà ancora più difficile quando anch'io non ci sarò più. Lui non sa che mi hanno diagnosticato un cancro al seno; non credo che capirebbe, comunque.

Se stai leggendo questa lettera, significa che Greg ha perso entrambi i genitori. Mi auguro che nel tuo cuore troverai la forza di amarlo e aiutarlo. Sei tutto ciò che gli rimane della sua famiglia.

Per favore, sforzati di aprirgli il tuo cuore. Non sarà facile. Per molte cose, Gregory è in grado di prendersi cura di se stesso, ma ha comunque bisogno di una guida costante. Negli ultimi tempi, ho cercato di renderlo più indipendente, ma non potrà mai vivere per conto suo. Ha davvero bisogno di te. Non voglio che finisca solo, in una casa di cura.

Ora la casa è tua e riceverai ogni mese i soldi necessari per accudirlo; provengono da un conto che abbiamo aperto io e tuo padre. Dovrebbero bastare per mantenerti a Manning Grove senza dover lavorare, così da essere presente per Greg, quando lui ha bisogno di te. Se decidessi di tornare a Miami (e spero che tu non lo faccia), temo che i soldi che abbiamo messo da parte finirebbero presto.

Manning Grove è una bella cittadina, qui la gente è socievole e molti conoscono Greg. Probabilmente non basterà a convincerti, ma credo che Gregory non sarebbe felice in una grande città.

Devo aver già cominciato a blaterare...

Amanda lesse una lista di attività che Greg era in grado di svolgere da solo, seguita dall'elenco di quelle per cui invece avrebbe avuto bisogno d'aiuto. Accartocciò la lettera e la tirò via; rimbalzò su una lampada per poi atterrare sul pavimento in mezzo alla stanza.

Caos balzò giù dalla sedia, recuperò la "palla" e gliela riportò, posandogliela sulle ginocchia con una certa solennità. Lei fulminò con lo sguardo prima il cane, poi il cartoccio umido di bava. Si sforzò di non urlare, di non scoppiare in lacrime.

Non voleva prendersi quell'impegno. Non poteva farlo. Quella donna non aveva alcun diritto di chiederle una cosa simile. Amanda non aveva mai chiesto di avere un fratello, non le era mai dispiaciuto essere figlia unica. Sua madre l'aveva viziata, non perché l'amasse, ma perché voleva poterla controllare e tenerla alla larga, quando lo riteneva necessario.

Caos le strofinò il muso sulla mano, in attesa che lei tirasse ancora la "palla".

Mentre fissava il manto bianco e nero del cane, Amanda si rese conto che ci si aspettava da lei che fosse responsabile. *Lei*, Amanda Barber! Lei che non si era mai presa cura nemmeno di un animale domestico. Nemmeno di un criceto. Di punto in bianco, si ritrovava sulle spalle la responsabilità di prendersi cura di un altro essere umano. Era un peso troppo grosso.

Non sarebbe stata all'altezza della situazione.

Si prese la testa fra le mani e crollò. Cominciò a singhiozzare e presto si ritrovò con i crampi allo stomaco, il naso tappato e arrossato e gli occhi gonfi. Tirò su con il naso, sonoramente. Caos le si era accucciato vicino ai piedi; drizzò le orecchie e alzò la testa per guardarla, come per chiederle silenziosamente quale fosse il problema.

Amanda aveva paura.

Si sentiva sola.

Nemmeno la madre avrebbe potuto o voluto aiutarla.

Quel pensiero le diede forza. Non aveva bisogno della madre, che anzi era arrabbiata con lei. Le aveva dato dell'incapace, le aveva detto che non poteva farcela.

Si sarebbe dovuta ricredere. Amanda sarebbe stata migliore di lei. Greg era suo fratello, era la sua famiglia. Amanda si sarebbe presa cura di lui, sarebbe stata una sorella calorosa e amorevole.

O almeno ci avrebbe provato.

Stanco di aspettare, Caos si alzò accanto a lei. Amanda gli accarezzò la testa. La madre si sbagliava e lei glielo avrebbe dimostrato.

Acquistalo qui: mybook.to/Max-Italian

Se ti è piaciuto questo libro

Grazie per aver aver letto il mio libro! Se questa storia ti ha appassionato, per favore fallo sapere ad altre lettrici e altri lettori scrivendo una recensione sul sito dove hai acquistato il libro e/o su Goodreads. Le recensioni sono sempre bene accette e anche solo un paio di righe possono dare un grande aiuto per una scrittrice indipendente come me!

Libri disponibili in italiano

Made Maleen: Una fiaba in chiave moderna

FRATELLI IN DIVISA:

Fratelli in divisa: Max (libro 1)

Fratelli in divisa: Marc (libro 2)

Fratelli in divisa: Matt (libro 3)

- Include Teddy: il capitolo finale (libro 3.5)

Fratelli in divisa: Natale dai Bryson (libro 4)

PROSSIMAMENTE NE ARRIVERANNO ALTRI!

Informazioni sull'autore

Jeanne St. James ha pubblicato per USA Today e Amazon romanzi rosa che hanno avuto successo internazionale. Ama scrivere storie d'amore incentrate su donne dal carattere forte e uomini a cui piace dominare. Scrive da quando aveva tredici anni e ad oggi ha al suo attivo quasi sessanta romanzi di ambientazione contemporanea. Le trame dei suoi libri vertono su rapporti eterosessuali, rapporti omosessuali tra uomini e *ménages à trois* in cui sono coinvolti due uomini e una donna, e hanno per protagonisti personaggi di diverse provenienze. Sotto lo pseudonimo di J.J. Masters, Jeanne scrive anche storie d'amore omosessuali di ambientazione fantasy.

Per restare aggiornati sulle frequenti uscite dei suoi nuovi lavori, collegatevi al sito www.jeannestjames.com o iscrivetevi alla newsletter:
http://www.jeannestjames.com/newslettersignup (in inglese).

www.jeannestjames.com
jeanne@jeannestjames.com

Newsletter: http://www.jeannestjames.com/newslettersignup
Gruppo Facebook di lettrici e lettori: https://www.facebook.com/groups/JeannesReviewCrew/

TikTok: https://www.tiktok.com/@jeannestjames

facebook.com/JeanneStJamesAuthor
amazon.com/author/jeannestjames
instagram.com/JeanneStJames
bookbub.com/authors/jeanne-st-james
goodreads.com/JeanneStJames
pinterest.com/JeanneStJames

Anche da Jeanne St. James (in inglese)

* Disponibile in audiolibro (inglese)

LIBRI INDIVIDUALI

Made Maleen: A Modern Twist on a Fairy Tale *

Damaged *

Rip Cord: The Complete Trilogy *

Everything About You (A Second Chance Gay Romance) *

Reigniting Chase (An M/M Standalone) *

Brothers in Blue Series:

Brothers in Blue: Max *

Brothers in Blue: Marc *

Brothers in Blue: Matt *

Teddy: A Brothers in Blue Novelette *

Brothers in Blue: A Bryson Family Christmas *

The Dare Ménage Series:

Double Dare *

Daring Proposal *

Dare to Be Three *

A Daring Desire *

Guts & Glory: Ryder *

Guts & Glory: Hunter *

Guts & Glory: Walker *

Guts & Glory: Steel *

Guts & Glory: Brick *

Blood & Bones: Blood Fury MC®:

Blood & Bones: Trip *

Blood & Bones: Sig *

Blood & Bones: Judge *

Blood & Bones: Deacon *

Blood & Bones: Cage *

Blood & Bones: Shade *

Blood & Bones: Rook *

Blood & Bones: Rev *

Blood & Bones: Ozzy

Blood & Bones: Dodge

Blood & Bones: Whip

Blood & Bones: Easy

Beyond the Badge: Blue Avengers MC™:

Beyond the Badge: Fletch

Beyond the Badge: Finn

Beyond the Badge: Decker

Beyond the Badge: Rez

Beyond the Badge: Crew

Beyond the Badge: Nox

Note

Capitolo uno

1. Letteralmente "damigella dei latticini" (questi ultimi, in inglese, si chiamano *dairies* o *dairy products* (ndt).

Capitolo due

1. In inglese *bullshit*, letteralmente (e in maniera più volgare) "deiezioni bovine" (ndt).

Capitolo tre

1. Si tratta di un anello, diverso da quello di fidanzamento, che funge da simbolo di impegno e devozione all'interno di una relazione romantica (ndt).

Capitolo sei

1. Miscela di latte e panna usata per correggere il caffè negli Stati Uniti (ndt).
2. Negli Stati Uniti, l'età minima per acquistare alcolici è di ventun anni (ndt).

Fratelli in divisa: Max

1. In inglese *Bud*, oltre a essere un nome di persona, significa appunto "amico", "compare". [NdT]

9 781954 684348